はじまれ、ふたたび

いのちの歌をめぐる旅

姜信子

新泉社

装画　Joey Yu「Sit In A Direct Beam of Sunlight」

増補新版まえがき――あなたに贈るはじまりの歌

二〇世紀最後の年から二〇一一年東日本大震災までの一〇年あまりの間、私は遠い旅を重ねました。そこにはつねに歌があり、語られることのない無数の記憶がありました。いま思えば、旅立つ前からすでに、私自身の中にぽっかりと大きな空白があったのかもしれません。

あの頃、私が生まれ育った「ここ」では、私の生の条件や形や所属や意味や価値や可能性や名前や記憶のようなものを、私ではない誰かがあらかじめ決めていたり選り分けたり、私の代わりに語ったり封じたりしていて、私は私でありながら私ではないようなのでした。それに抗うこと。それだけが私が私である根拠のようなのでした。
抗う私は、私自身の生を私自身の声や言葉で必死に語りなおしたい。でも、その声や言葉が本当に私のものなのか、そこのところがいつもひそかにぐらぐらと揺らいでいる。

だから、歌。

揺らぐほどに、歌のほうへ。

力ずくで封じられても、押さえつけられても、確かな言葉にならなくとも、どうしようもなくこぼれでるひそやかな歌のほうへ。

「ここ」ではない「どこか」から聞こえくる、生きぬくために、生きた証を託すために、かすかだけれども絶えることのない遥かな歌のほうへ。

あの頃、風の便りにこんな話を聞いたのです。二〇世紀の初めに日本で作られた「美しき天然」の調べで異郷の生を歌う朝鮮系の人々が、中央アジアに数十万人もいる、彼らは「高麗人」というらしい、語りえぬ流浪の記憶と共に荒野に生きる人々らしい、と。

彼らのもとへ、歌をたよりに、中央アジアの渇いた荒野に向かいました。それが遠く長い旅のはじまり。

荒野で、それまでその名すら知らなかったさまざまな民族の人々に出会いました。巨大な力と闘いつづける少数者たち、たとえばチェチェンの民のような。流浪する人々の歌声とともに南ロシアへ、ロシア極東へ、私も流れてゆきました。歌は生きることの痛みであり、悲しみであり、歓びでした。歌は私をサハリンや台湾の先住民のもとにも連れしいきました。炭鉱へ、戦火の沖縄へ、移民の島ハワイへ、この世の孤島のごときハンセン病療養所へ、歌は時空を超えて私を運んでもいきました。

なによりも、歌は、「ほら、そこに、声にも言葉にもならない、『空白』と呼ぶほかはない、いのちの記憶がある」と囁きつづけた。「この世界は無数の空白で形づくられている。その沈黙の中にこそわれらの物語がある」と繰り返し歌いかけたのです。

圧倒的な力によって歴史の外へと追われた者たちが生きるすべての「荒野」に、ロごもる声の渦巻くすべての「どこか」に、いのちの記憶への道標とでもいうべき歌がある。互いの存在を知らぬ名もなき人々が、互いに歌で呼び交わすかのように、歌が「空白」と「空白」とを結んでゆく。無数の「空白」が響き合う。そんな光景が旅ゆく私の前に広がっていく。

その光景に宿る沈黙の物語を語りだすには、私もまた歌うほかありますまい。私の中の空白とこの世の無数の空白とが響き合って生まれくる私の言葉で、私の声で。

こうして歌いだされた物語が一一篇。それはおのずとはじまりの歌となり、いのちの歌となりました。歌うことは問うことであり、祈ることであり、生きることとなのでした。だから、二〇一一年三月一一日のあの日のこともまた、空白から生まれくる声で歌われねばならなかったのでした。

この一一篇の歌を、「空白」を抱きしめて生きるすべてのあなたに贈ります。あの日から一〇年後の新しい旅を生きる私からの便りを添えて。

目次

はじまりを想う旅の地図

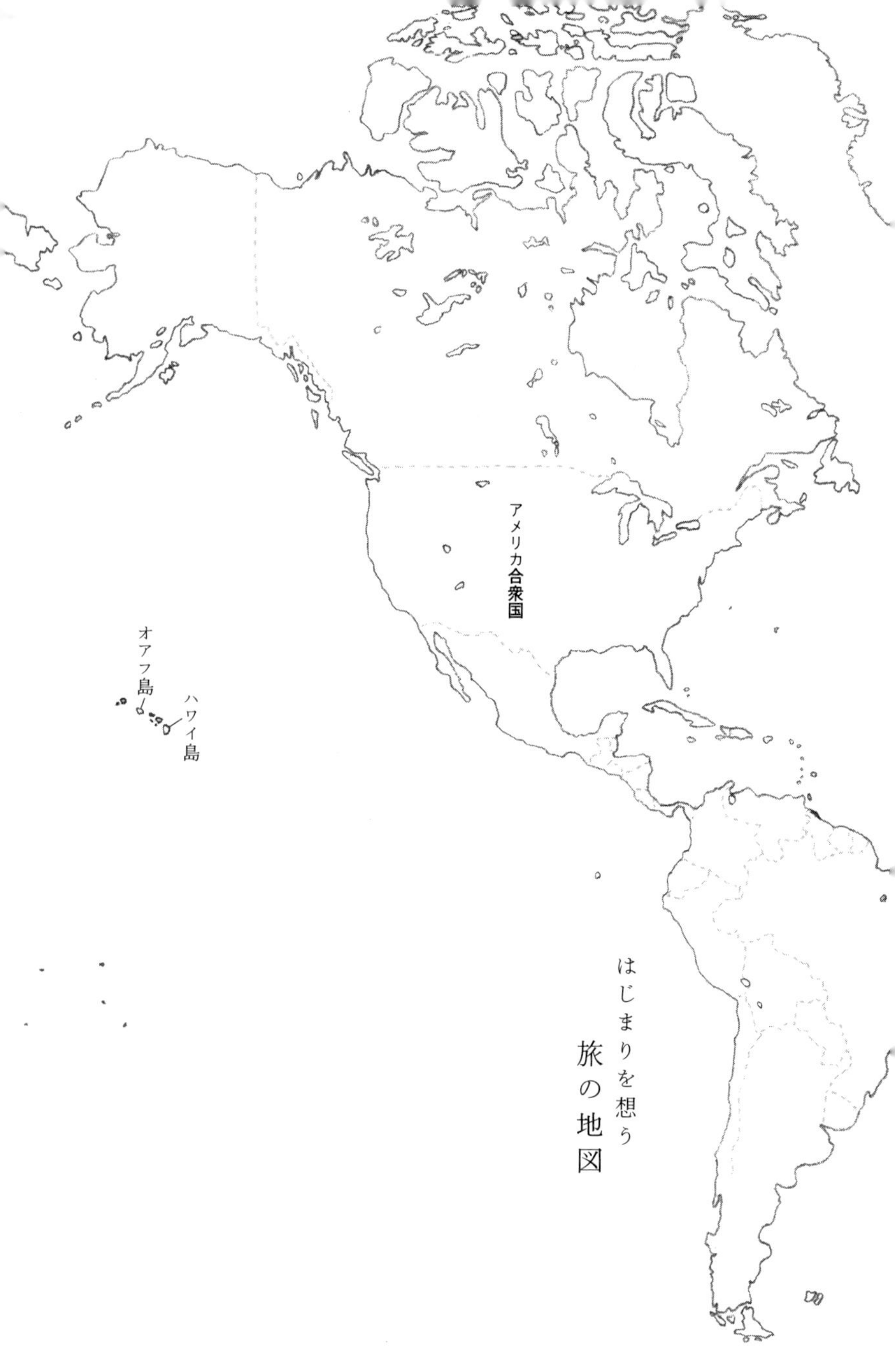

ロシア連邦
カザフスタン共和国
アルマティ
大韓民国
サハリン島
北海道
岩手
新潟
大阪
福岡
東京
静岡
愛知
済州島
沖縄

はじまれ

英雄ナージャ

内に抱え込んだ重みを噛みしめるように、ずずずずず、少しずつ下がりはじめたものの、もう持ちこたえられない。がくんと力尽きて、いきなり止まって、ボタンを押しても叩いても押してもてこでも動かない開かない、密室エレベーター。私と旅の道連れ三人は、昨晩誰か不届き者が小用を足したらしい黒い染みからほんのり立ちのぼる臭いとともに、狭苦しい箱の中に閉じ込められたのでした。

さあ、これから、カザフスタンの未知の荒野へ足を踏み出そうという朝に、旅の宿り木にした古都アルマティの古ぼけた高層アパートの五階から一メートルほど下がった虚空に、私は宙づり。

　ふうう。乱れ打つ鼓動を抑えようと深く息を吸い込みました。次の瞬間、プッツン。私の心のワイヤが切れて、箱が、奈落の底に、落ちていった。いや違う、ワイヤは切れなかったんです。幸いにも、宙づりの箱の中から助けを求める声を聞きつけた人が、エレベーター担当の技師らしき人を呼んでくれたおかげでドアは開いた。ちっ、四人も乗ってやがる、動かなくなって当然だよ、そう呟く冷ややかな眼差しに迎えられて、ドアの向こうの五階の床に這いあがろうと、私が半身を床側に乗り出したその時でした。半身分だけ軽くなった私の心の中のエレベーターが、不意に遅れを取り戻すかのように一目散に一階へと動き出して、腰のところで私を真っ二つ。驚いた私の下半身は、そのまま、アルマティの町の雑踏の中へと闇雲に駆け出し、取り残された上半身は途方に暮れて宙空を漂いはじめた。

　予感なのか、不安なのか、得体のしれないものが心をよぎるんです。こんなふうに始まる旅は初めてでした。

　町へと駆け出した私は、わきめも振らずに疾走するBMWやAUDIやTOYOTA

やMATSUDAや相当に年季のはいったロシア製の無愛想な車たちに何度もはねられそうになった。どうしてかしら、車たちは、うっかり止まると死んでしまうかのように、ほこりをまきあげ、人をはねあげ、自分より遅い車を突き飛ばし、アクセルを踏み抜き、それぞれに行先は違うだろうに、ほころびだらけのアスファルトの道をぴょんぴょんと跳ねながら先を争って走ってゆくんです。

私は、ひたすら、人の匂いのするところ、声のするところへ。たどりついたのは、ないものは何もないバザールでした。カザフスタンに生きる多くの民族の姿もここにある。一二一民族？　いや一四一だ、何を言うか、一三一だ、まあ、そんなものだ！　数すらつかみかねる諸民族の声が人ごみの中をざわざわと行き交い、もわっと体臭がたちこめます。

肉売り場にはカザフ人、蜂蜜や香草を売るのはロシア人、山羊の乳のチーズならメスヘティアトルコ人、果物はウズベク人、地下の売り場で真っ赤なトマトを売っていたのはクルド人の女たち。豆腐に味噌に醬油にキムチ、にんにくとごま油の香りがまぶされた惣菜を売るのはコリアン。私のおばあちゃんと似たような顔をしたコリアンのおばあちゃんが、お金も取らずに、キムチに茄子の油いためにきのこの惣菜をビニール袋いっぱい持たせてくれました。旅人から金なんか取れるかい！　そう言って一週間は食いつなげるほど、たっぷりと。ありがとう、おばあちゃん、ねえ、おばあちゃんの名前はなんていうの？　ナージャ、ソン・ナージャだ！　おばあちゃん、また来るよ、元気でね。

さまざまな色の髪と目と肌と匂いの渦の中を漂流しはじめた私に、カザフ人のおばさんが、ほら、旅のねえさん、生命の水だよ！　差し出された泡立つ白い飲み物で旅の渇きを癒そうとすれば、あんた旅人だろ、馬乳酒なんかをいきなり飲んだら腹をこわすぞと、わきから親切な声が飛ぶ。

黒いレーズン、マスカット色のレーズン、朱色のあんず、褐色のアーモンド、白いカシューナッツ、きゅっと縮んだいちじく、ピーナッツ……。色とりどりのパッチワークのようにしつらえられたドライフルーツ売り場では、アーモンドと同じ色の彫りの深い顔をしたにいさんたちが、身を乗り出して話しかけます。「あんた、どこから来た？」「日本から。にいさんたちはどこの人？」「ウズベキスタンのサマルカンド。俺らはサマルカンドのタジク人さ。ここのドライフルーツにナッツは、みんなサマルカンドからだ！　レーズンとくるみを一緒に食べるとうまいぞ。ほら、試しに食ってみろ」

うん、これは本当にいける！

「なあ、日本では、みんな幸せに暮らしているんだろう？」

……。小さな黒いレーズンと引きかえに、いきなり、そんな難しいことを私に尋ねないでよ……。

どうやら、私は、横断歩道も信号もない交差点にうっかり迷い込んで立ち往生しているようでした。ええ、確かに、カザフスタンは、故郷をなくした旅人たちの交差点と聞いてはいました。二度とあとには戻れない、ただ前に向かって歩きつづける人々の交差点。自分自身、故郷から日々遠ざかる旅の途上にある私は、その交差点の片隅に立って、絶望的なほどに前に進むしかない旅を生きる人々の胸に宿る哀しみや苦しみや喜びや希望や智慧のひそやかな呟きに、そっと耳を傾けたいと思っていたのです。

このカザフスタンでは、七〇年ほども前、草原の民カザフ人がまるごと草原の暮らしから引き離されるという大事件がありました。

その頃、労働者の夢の国の建設という理想に、広大なカザフスタンの乾いた草原も力ずくで丸呑みされていて、ところが現実はといえば、草原に遊牧の民の姿こそあれ、夢の国の担い手であるはずの労働者の姿なんて見当たらない。それでも、理想に燃える合理主義者というのは、目の前の現実よりもみずからが描いた理想のほうがより現実らしく見えてしまうもののようで、遊牧の民を労働者として集団農場（！）に囲い込み、彼らの牛も馬も羊も囲い込んで、ほら、これで、野蛮で遅れていて貧しい君たちも労働者の夢の国の立派な仲間だと胸を張った。

そして、理想の陰に隠された現実の闇のなかでは、広大な草原という故郷と切り離され、草原で脈々と営まれてきた暮らしの形を破壊され、生きるすべと糧を失った人々がばたばたと倒れていったのでした。その数、少なく見積もっても一五〇万人、もしかしたら三〇〇万人にもなるらしい。広島原爆一〇回分。お隣中国に逃げ出した人々も数知れず。別の理想を語って人民を惑わしそうな奴らに用はないと、学ある人々も次々消された。

それは、草原という風土と時の流れのなかで精妙に織り上げられてきた暮らしのかたちを、人間が頭の中で合理的に組み立てたらしい生活の仕組みに、一気に取り替えようとしたために起こった核爆発のようなもの。豊穣なる草原は瞬く間に死の黒い影に覆われてしまったといいます。ほどなく、この黒い荒野に、労働者の夢の国の辺境から数百万、一七の民族の人々が送り込まれてきた。コリアン、クルド人、ボルガドイツ人、メスハティアトルコ人、チェチェン人、カルムイク人、ユダヤ人、クリミアタタール人、……。

(コーカサス諸民族で黒い荒野に追放されなかったのはオセット人だけらしいよ。ほう、それはまた、どうして？　自分以外の誰も信じることのなかった「労働者の夢の国」の指導者が、グルジア出身のオセット人だったからさ)

「カザフスタン、信用されぬ諸民族の流刑場！」

いやいや、美しい理想には美しい言葉。生きるも地獄、死ぬも地獄のその現実は、こんな言葉で飾り立てられた。

「カザフスタン、諸民族友好の実験場！」

ええ、結果的にはそういうことになったかもしれません。

(「未開で野蛮で遅れた文化のおまえたちが、ここまで文明的な暮らしができるまでに発展したのは、誰のおかげか、よもや忘れたんじゃあるまいな」。ああ、いまだに、こんな言葉を執拗に耳元で囁きつづけるのは誰？)

でも、本当のところは、風土が育んできた人と人の絆、そのうえに築きあげられた暮らしから、突然にバッサリ切り離された人間たちの、生き残りをかけた苦闘がそこでは繰り広げられてきた。

「カザフスタン、人間の智慧と生命力の実験場！」

かつて乾いた草原をゆく民は、ひたすら先を急ぐうちにうっかり神を追い越してしまったら、歩みを止めて、ゆっくりと、再び神が自分たちを追い越してゆくのを待ったものだといいます。時の流れは人の心臓の鼓動と響き合っていたともいいます。

でも、いつからか、何かの力に急きたてられて、人は待つことを許されなくなった。何を追い越してきたんだか、忘れ果てるほどに遥かな場所にやってきてしまった。そして、そのことを、思い出しつつある今、立ち止まって神の到来を待つほどの時間はもう与えられていないことに慌てふためきながら気づいている。

（われわれは、もう、走り続けるしかないんじゃないか？　ひたすら走り続けて、新しい神に追いつくしかないんじゃないか？　新しい神……、それはいったい何者？）

そう、ここは、惑いながら先を急ぐ者たちの交差点。

町を歩きました。街角に流れるアコーディオン楽師の歌声。音大卒だけど音楽教師じゃ食っていけない、ベートーベンやモーツァルトをどんなにうまく弾いても金にならない、そう言いながら楽師が歌うカザフの恋の歌。

アルスの岸辺であなたと初めて会いました　あなたは花のようでした
僕は恋に落ちました　あなたの笑顔はとても美しかった
あなたは　いま　どこに？　僕はアルスの岸辺であなたを探しています

行き過ぎる人々がチャリンチャリンと小銭を投げ込んでいきます。立ち止まりもせずに、チャリンチャリン。ほら、あちらの角では、年配の女性が草原の弦楽器ドンブラを奏でて、かつての草原の吟遊詩人たちのように、神の教えを呟くように歌いはじめた。

神様のもとに行くまで　心を清らかに　欲望を捨てて　生きていきなさい

夢のあとさき。労働者の夢の国が崩れ落ちると同時に建設途中で放り出された巨大スタジアムが、赤茶色の骨格を乾いた暑い日差しにさらしています。明るいクリーム色で塗り上げられた新しい高級マンションがくすんだ町のなかで輝きを放っています。深夜まで営業する大きくて華やかなスーパーマーケットの前の通りでは、道端に腰を下ろした粗末ななりの女たちが、庭先で摘んできたかのようなイチゴを細々と売っている。売り物もなく、ただ手を差しだす者たちもいる。あれはタジキスタンやアフガニスタンからの難民さ、いやジプシーかもしれないな、そう私に耳打ちしてくれる人もいます。

この風景は何度も繰り返された切断の結果なんだよ、そう語りかける若者もいました。考えてもみて。ロシアのツァーの時代から今まで、繰り返される征服戦争、対外戦争、革命、内戦、労働者の夢の国の出現、諸民族の強制移住、大戦、指導者が変われば社会のルールやらシステムやらも変わる、その果ての「労働者の夢の国」の崩壊……、十数年おきに足元をすくわれ、根を断たれ、なんとか変化についていった者とこぼれた者との間に断絶が生まれ、つまり絶え間なく縦横に襲いかかる切断と断絶の繰り返しで、人も社会もチリヂリバラバラ。町ゆく人をよく見てごらんよ、その姿形で、いつ、どんなふうに切断されたかがよくわかる。ああ本当に収拾のつかないチリヂリバラバラ。ここが僕らの生きる場所。チリヂリバラバラの痛みをじっと嚙みしめて歩き出す、はじまりの場所なんだ。

ヒリヒリバラバラの痛みに耐えかねて、一刻も早く癒されたいと願いをかける者たちに、神に悪魔に正義の使者が入り乱れて手を差し伸べて、大昔からさんざん使いまわされた鎮痛と忘却のための神話を声高に語りだす。そんな手っ取り早い誘惑の声がこの町のそこかしこから聞こえてきます。

痛みと誘惑に人も世も揺れる交差点。そこに迷い込んだ私の足元からも、じりじりと痛みが這いのぼってくる。さて、私は、ここからどこに行こう……。


ナージャ＝ナジェジダ＝希望。ロシア語で「希望」という意味の名を持つコリアンの、バザールで旅人に売り物の惣菜をタダで持たせてくれたあのおばあちゃんの家を訪ねることにしたのは、ほんの思いつき。バザールに舞い戻り、おばあちゃんの家に行きたい、そう言ったら、あっさり気軽に、ああいいとも、夕方、バザールが終わったらね。

もらった住所は町のはずれ、労働者の夢の国のために戦死した英雄の名前を持つ通りです。ちょっと早めにドアを叩いた私の前に、おばあちゃんは、ピンクのワンピースを頭からもぞもぞとかぶりながら、おうおうと叫びながら、転がり出てきた。あんた、掃除をする間も着替える間もないじゃないか、ご馳走だってまだ作ってない。惣菜の材料の茄子が山と積まれている中庭でおばあちゃんが叫びます。いやいや、いいのよ、おばあちゃんと話したくて来たんだから。ああ、でも、とっちらかってる家でなさけない、バザールで一日働いて、帰ってきたばかりだから、許しておくれ。

聞けば、おばあちゃんは七歳の時に極東のハバロフスクからカザフスタンへ、他の沢山のコリアンたちと一緒に貨物列車に詰め込まれて運ばれてきた。けれども、もう、その時のことは、すっかり忘れた！ つまんないことを聞く旅人だね、役にも立たない昔のことなぞ持ち出すなとばかりに、私の鼻先まで顔を寄せておばあちゃんがそう言うんです。

覚えているのは、とにかくアタシは小さい頃からよく働いたってことだけさ。アタシは生まれついての働き者、体がとにかく頑丈で、病気ひとつしたことない。親のため、弟のため、妹のため、夫のため、子どものため、人のため、年金をもらえるようになるまでは国営の食堂で働いて、それからあとはバザールで手作り惣菜を売って一五年。朝は四時に起きて、その日の分の惣菜作って、いいかい、作りおきして冷蔵庫なんかにしまっておいたら味は落ちる、臭いはつく、惣菜は毎朝作るのが一番うまい、それで八時にはバザールに出かけて、夕方六時まで働いて。家もきれいに磨き上げて、と言いたいとこだが、今年でもう七五歳、掃除までは手が回らない。全部ひとりでやっているんだ、仕方ない！

明日は月曜、バザールは休み、だから朝から山に遊びに行くよ、掃除もせずに遊びに行くよ、いいだろ、働いて働いて、たまの休みにすべてを放り出して遊べば、また力が湧いてくる、ねっ、それでいいだろ！　ほら、これは前の休みに山で遊んだ時の写真だよ。

写真の中のおばあちゃん、水辺で上半身は脱ぎ捨てて、髪は白いが、立派なおっぱい……。

たまに遊んで、働いて、稼いで、あんたみたいな旅人が来れば、精一杯もてなして。何だってアタシの持ってる物を欲しいという人には、さあどうぞとアタシは言うよ。すべては天下の回りもの。きちんと回せば、回りまわって、いつか自分に返ってくる。悪さをしても、回りまわって自分に返ってくる。うちに二回も盗人が入ったことがある、何でも持っていけとアタシは言ったさ、あとでやつらは死んだよ。アタシに悪いことをすると、死ぬよ。アタシは刃物を突きつけられても恐くない、誰もアタシを傷つけられない、さあ、アタシに悪さをしてみろ、アタシのものを盗っていけ、それもこれもアタシはすべて喜んで受け容れるさ、あとは天が始末をつけてくれる。そうだろ、そういうもんだろ！　お金でも食べ物でも、いくらでもあげよう、アタシは別に惜しくはない。それも天がみんな見ている。天がアタシを守っている。そうだろ、アタシは間違ってないだろ！

腹の底から、まるで内臓もろとも言葉を吐き出すかのような勢いで語りはじめたおばあちゃんのつばを顔に浴びながら、私は、そうだね、そうそう、おばあちゃん。だんなはあたしが四八の時に死んじまって、そのあと、アタシはいろんな男とつきあった、生きていくために結婚しなくちゃと思ったのさ、いいだろ、それもいいだろ！それで再婚したのかどうかは聞きそびれてしまって、私はただただ、そうね、そうだね、おばあちゃん。そのギラギラとした黒い瞳にぐっと見つめられて、射すくめられて、私はなんだか青い夢からベリベリ身を引き剝がされていくような……。

アタシは神を拝んだりしない、祈りもしない、教会なんかに行きはしない。こんなに毎日朝から晩まで働いて、夢中に必死に生きているのに、そんな暇などあるわけないだろ。そのことは天も、よおく、わかってる。恥じることは何もない、私はとにかく精一杯生きてるんだから。旅人が来れば、こうやってもてなさなきゃいけないしね。今日の出会いも天が与えた出会いなんだよ。旅人は、天が差し向けた大切な客人なんだ。

旅人は大切な客人。私は、大切な、客人。その言葉に私は少しばかり恥じ入りました。

さてさて、ご馳走は用意できなかったけど、あんた、何か欲しいものはないのかい？

歌、おばあちゃんの一番好きな歌を聞かせて。そうお願いすると、おばあちゃん、中庭に立ってラララ。と思いきや、くるっと身を翻して家の中に駆け込んだ。そして、すぐさまカッカッカッと足音高く中庭に駆け戻る。

アタシはバザールに行く時も、山に遊びに行く時も、いつでもどこでも、この黒いハイヒールを履くんだよ。背筋がピシッと伸びるハイヒール！　タンタンタン、黒いハイヒールで大地を三回踏み鳴らせば、ほら、アタシは芸術家ナージャ！　では、素晴らしい芸術家ナージャが旅人のために心をこめて歌います。

山にのぼって花を摘み　乙女の髪の花飾りにしよう
行こう行こう　一緒に行こう　かわいい乙女たちよ　一緒に行こう

七五歳の乙女が小首をかしげ、蝶のように両の手を広げ、ユラッユラッと羽ばたけば、中庭は花咲く野山。フラメンコのように手を叩き、クルクルまわる。タンタンと黒いハイヒールでステップを踏む。

アタシは踊り子ナージャ！　ようこそいらした、アタシの舞台に、夜通しだって踊ります、死んでも踊りつづけます、バザールで働いて稼いで旅人を迎えて歌って踊ってアタシのすべてを捧げます、ハハハ、力いっぱい生きるアタシは英雄、アタシは人生の英雄ナージャだよ！　ねっ、そうだろ！

突然やってきた未知の旅人のために、おばあちゃんが力のかぎり精魂込めて吐き出す生気と毒気に、私、すっかりやられてしまいました。そうなんだよね、おばあちゃん、精一杯生きているからこそ、毒もある。生きるって、そんな自分の毒も人の毒も飲みくだしていくことなんだよね。希望よ智慧よと、毒消し済みのきれいな言葉を吐く前に、毒を食らえ、毒を吐け、精一杯生きてみよ、目の前のひとりの人間をまっすぐに見つめてみよ……。

ほら、人生の英雄ナージャが歌い踊ります、力いっぱいハイヒールを踏み鳴らして生きている。その姿を目に焼きつけて、私はすっと立ちあがる。おばあちゃん、元気でね。

ああ、アタシは元気だとも。若いあんたこそ、元気で、あちこち旅をするんだよ。いいかい、旅することは、生きること。しっかりあちこちめぐり歩きなさいよ。

ありがとう、さよなら、また逢う日まで……。


再び、私は、交差点へ。そこは、絶望的なほどに前に進むしかない旅を生きる人々が行き交う交差点、惑いながら先を急ぐ者たちの交差点、痛みと誘惑に人も世も揺れる交差点、無数のナージャが生きる交差点、この世の大切な客人である旅人たちが出会う交差点。

さて、私も、毒気を放ちながら、歌いながら、すれちがう旅人たちひとりひとりの親愛なるその瞳を見つめながら、歩きだそう。あらためて、旅のはじまり。

旅するパンドラ

私の旅の連れがあのプロメテウスの子孫だという話を聞いたからといって、何を驚くことがありましょう。そう、あのギリシャ神話のプロメテウス、世界の征服者ゼウスに背いて人間どもに火を与えたというプロメテウス。それがゆえに、コーカサスの頂きの岩壁に縛られて、日ごと大鷲に肝臓をついばまれるという苦痛に悶えたプロメテウスの、子孫。

この話、口からでまかせの戯言ではありません。かくいう私だって、天下を針のない釣り竿で釣り上げた太公望、姜子牙の子孫なんだと言えば、ほら、あなた、また笑っているでしょう。でも、熊から生まれた子を始祖とする民族や、神代の頃から一筋に脈々連なる血筋の聖家族を奉る民族が形作る国々が現実に普通にこの世界には存在するというのに、私たちばかりが笑われるのも、いかがなものか。連れの出自を疑うならば、チェチェンに行って尋ねてごらんなさい。チェチェン人なら誰もが知っている、チェチェンの一〇〇を超える部族のなかの、由緒ある一族のひとつなのですから。

さて、かつてギリシャの神々の物語を歌い、プロメテウスの苦悶を語った農夫ヘシオドスは、その物語を「記憶」の九人の娘たち、詩歌女神《ムウサ》の息吹によって吹き込まれた。その時、ムウサはこんなことを言ったらしい。

私たちは　たくさんの真実に似た虚偽《いつわり》を話すことができます
けれども　私たちは　その気になれば　真実を宣《の》べることもできるのです

――ヘシオドス『神統記』廣川洋一訳より

神々というのは、なんとも傲岸不遜なお方たち。真実を宣《の》べるなどというのは、正義を語るというのと同じくらいに尊大な行い。だからこそ神、ということならば、それはそれで結構。もちろん、私には真実など語れません。だから、私が語ることはすべて偽り、というわけでもありません。神の言葉では語れないのが、神ならぬ私たち人間の、真実でもなく偽りでもない物語なのですから。そして、神々に疎まれ、地上に堕ちた人間に希望があるならば、それはきっと神々のあずかり知らぬ虚実のあわいに潜んでいるはず。

ああ、でも、希望などという言葉にうっかり惑わされると、大変な目に遭うかもしれません。だって、ほら、その昔、私の連れの祖先のプロメテウスが言うことには、「人間どもに、運命が前から見えないようにしてやった」「目の見えぬ、盲な希望を与えたのだ」。

それは、つまり、あらゆる災いをこの世にばらまいたパンドラが、たった一つだけ、人間のもとに残したあの〝希望〟のことでもあるのだけど、奸計に長けた神々は、プロメテウスから火を受け取った人間どもへの手の込んだ罰として、欺瞞と虚飾を美貌で包んだパンドラを創り出し、彼女の好奇心が無分別に動くに任せて、あらゆる災いを地上にばらまいた。しかも、目障りな人間どもを一掃しようと神が起こした大洪水を生き抜いたのは、パンドラの娘とプロメテウスの息子だけ。とどのつまり、プロメテウスの子孫はパンドラの子孫、今この世にはパンドラの血を享けた人間たちしかいないという身も蓋もない話。

そして、太公望の子孫あらためパンドラの子孫たる私（自分の血脈なんて、何とでも言えるもの）と、同じくパンドラの子孫でもある旅の連れ、生まれ落ちた場所も生きてきた道筋も目の色も肌の色も髪の色も話す言葉も何もかも違うけれど、重ねた歳だけは同じ二人が、世々累々めぐる因果のその果ての、わけありの旅の途上にあるのです。

旅の連れの名は、ザーラ。この四〇〇年間、まるで神のように正義を語り文明を謳うロシアとの戦いが繰り返されてきたコーカサスの、チェチェンの山村で彼女は生まれました。そこでは天寿を無事まっとうする者は数少ない。ザーラも祖父母の顔を知らずに育ちました。彼女の親たちの世代の人々は正義に逆らい文明を冒瀆したかどで、ある日突然コーカサスからカザフスタンの荒野に追放された。十数年後、やっと帰郷を許されたものの、家も土地もその多くは人手に渡っていた。そしてザーラ、彼女自身も再びモスクワが差し向けた正義の軍隊に追われて、コーカサスから燃える黒い水の都バクーへ流れて四年。あてのない旅人です。一族代々の追放の旅人。

ねえザーラ。いつも私は彼女にそう呼びかけます。時には誰かに私の言葉を彼女の言葉に移し変えてもらって、時には彼女にはわからない私の言葉そのままで、時にはただ私の心の中で、たとえば、こんなふうに、話しかける。
ねえザーラ、幼くして燃え落ちるわが町わが家を見たチェチェンの少女が歌うあの歌、
あなたがその耳で聴きとって、この世の果てまで届けとばかりに送り出したあの歌を、
私は極東の島で耳にして、いてもたってもいられなくなった。

私は世界中できれいな町を見てきたが　グローズヌイの町ほど素晴らしい町はない
これほど美しい花園はどこにもない
歌よ飛べ、全ての山々を越えて飛べ！
歌よ伝えておくれ、私たちの町の事を！

グローズヌイの街の灯は我が家の幸せ　スンジャ川の川面に白波が砕ける
歌よ飛べ、全ての山々を越えて飛べ！
歌よ伝えておくれ、私たちの町のことを！

ねえザーラ、私、本当は、この歌に歌われているグローズヌイの町にあなたと一緒に

行ってみたかった。でもそれは、グローズヌイを焼き払った〝正義の軍隊〟の仲間にならないかぎり、命の保障はないお話。あの時、あなたは、遥か彼方から呼びかけた私に、いったい何を見たいの、何を聞きたいの、何をしたいのと、遥か彼方から尋ね返した。私は、ただ、あなたと旅がしたかった。たぶん、私は、同じ運命を生きる仲間がそこにいるということを、歌を聴いた瞬間に、そこはかとなく感じていた。でも、私がそんな野暮なことをもごもごと言葉に変えるよりも早く、あなたはこう言ってきた。じゃあ、カザフスタンに行きましょう、かつて私の祖母と母が追放され、祖母が亡くなり、母が孤児となった地、今また戦火に追われチリヂリバラバラ世界に散ったチェチェンの人々の、仮の宿。そこに生きる人々に会いに行きましょう。待ち合わせは、カザフスタンの旧都アルマティ。

私とザーラ、アルマティで会ったその日から、ふたりして、チェチェン人もチェチェン人でない人々も、歌手も農夫も村のムスリムの長老も詩人も人形つかいもビジネスマンも学校の先生も生徒たちも、誰もかも手当たりしだい、袖振り合うも多生の縁と、訪ね歩きました。しかし、妙なものです。その誰よりも忘れがたいのは、歌手でも農夫でも詩人でも長老でも何でもないアルマティのチェチェン人、マリヤムばあさん一家なのですから。

マリヤムばあさん、六三歳、一家の主。揺るぎのない眼光と岩のような威厳には誰も逆らえない。その長男のやさ男のイサ、次男の偉丈夫のムサ、きりり美しい娘のトマ、イサの息子の一八歳のアスラン、ムサの妻のたおやかなルイザ、父のムサによく似た格闘技家志望の一五歳のラムザン、トマの息子の何となく歯科医に憧れる一一歳のイスラム。みんなで九人の大家族が、商売上手で妻が三人もいて何かと口やかましくて騒々しいウイグル人の家の二間だけを間借りして暮らしていました。そこに私たちはあがりこんだ。

さあさあチャイをどうぞ、お砂糖をたっぷり入れてね、このパンにサワークリームをつけて食べると美味しいのよ、ほらチャイをおかわりしてくださいね。一家の主婦を務めるルイザが突然の客人にも戸惑うことなく、おそらく一家の昼食のために用意していた食べ物をずらりとテーブルに並べます。さあ、座って、食べて、お客さんに十分に食べてもらわなかったら、私たちの恥、さあ、遠慮せずに飲んで食べて!

住民登録も難民認定も手にすることができない、ここにいてもいない存在、イサとムサか知人のツテでなんとかありついた警備員の職もいつなくなるかもしれぬ浮き草暮らし、バザールで売り子をするトマの僅かな収入だけが命の綱。そんな一家が、まったく不意にやってきた災難のような見知らぬ客人に、ありったけの食べ物を並べてもてなすのです。

一家の主マリヤムばあさんの登場まで、ルイザがぽつりぽつりと話すには、かつてマリヤムばあさんはまだ幼い頃に両親とともにこの地に追放されてきて、そのままここで生き抜いて、ここで結婚もして、ここで子どもらを育て上げ、立派な家も車も買えるほどの財産も築きあげたというのに、こともあろうに戦争前夜に全財産を処分して一家をあげてチェチェンに帰った、そして全てを失ってカザフスタンに逃げ戻ってきた。

では、一家の主マリヤムばあさんにお尋ねします。おばあちゃん、まずは一族の来し方をちょっと聞かせていただけないでしょうか？

最初だけ丁寧に申し上げたそのあとは、私とザーラ、おばあちゃんの傍らに娘のようにぴたりと座りこみました。

ふふん、私も昔は記憶力が良かったんだけど、ここんとこ血糖値が随分とあがっちまって、物忘れがひどくてねぇ。でも、子どもの頃のことは結構覚えているさ。カザフスタンに追放されて、その時お世話になったカザフ人のことも、よーく覚えているよ。歌が上手で女優をしていたカザフ人がとっても親切にしてくれてね、私のお母さんが畑に行っている間は、その人が幼い私の面倒を見てくれた。私の一家が送られたのはカザフ人のコルホーズで、ロシア人もちょっとはいたな、やっぱり追放されてきたメスヘティアトルコ人も少しいたね、でもまわりにはカザフ人がほとんどで、そこのカザフ人たちとは兄弟姉妹のように親しく仲良く暮らしたよ。あたしが最初に覚えた言葉もカザフ語だったんだからね。あの女優だったカザフ人は、フフフ、歳の離れた旦那を棄てて村を出て、アルマティで若い男と結婚したんだ。でもね、棄てられた旦那のほうも若い奥さんをまた見つけて、子どもが七人も生まれたのよ、フフフフフ。わが家もスターリンが死んだあとに、田舎のコルホーズからアルマティへと越したのよ。

マリヤムばあさんが思い出しては語るは、今となっては笑い話の、あの頃の人間模様。だって、闇の底の思い出なんて、わざわざ呼び戻したくもないじゃないか、マリヤムばあさんの笑っていない目がきっぱりとそう語っている。

ああ、それでも、つくづく、おばあちゃんは運が良かったのねと呟いたのはザーラです。マリヤムばあさんが送られたのは、滅多にない恵まれた土地。気候は穏やか、十分ではなかったけれど食べ物もあった、飢餓が人情までをも食い尽くすことがなかった。餓えに耐えかねて、見つかれば銃殺覚悟でコルホーズの畑の落穂を拾うしかなかった余所の土地の話がまるで夢のよう。雑草すら食い尽くし、飢えて弱ってチフスで倒れて、追放された五〇万人のチェチェン人の半分が死んだという話も嘘のよう。

ねえザーラ、そう話しかけはしたものの、結局は、私の言葉も独り言めいてくる。たとえ同じ運命の下に生まれ落ちても、災いは人間たちの上にまだらに降りかかってくるもの、この世に生きる者すべて、マリヤムばあさんも私もザーラもあなたも誰も彼もが、同じ運命の下にまだらにチリヂリバラバラに生きている。でも、そのことに私たちはなかなか気づかない。それも〝目の見えぬ、盲な希望〟しか持たないわれらの業？

しかし、腑に落ちません。ね、そうじゃないですか。マリヤムばあさん一家は、ここで築いた生活の全てを捨てて、ロシアとの戦争前夜のチェチェンに帰った。いや、マリヤムばあさん一家だけではない、ソ連が崩れたあとには、カザフスタンからチェチェンへと多くの人々が帰っていったといいます。飛んで火にいる夏の虫、戦争前夜に、いったいなぜ？

ああ、亡くなった夫はね、ここに残ったほうがいいと言ったのよ。でも、私は帰ろうと言った。グローズヌイに家も買ってあったし、なにより、娘とチェチェンの男とのいい縁談をまとめるには、チェチェン人が少ないここじゃ、ちょっとね。カザフスタンでも一度だけ、どこか田舎でカザフ人の若者とチェチェン人の若者の対立抗争事件はあったけど、それで先々カザフスタンで暮らすことにかすかに不安になりはしたけど、それよりなにより気にかかるのは、娘の結婚。チェチェンの娘が他の民族の男と結婚するのは恥だからね。

こうと決めたら譲らない、頑固で愛情深いおばあちゃんの人なつこい笑顔につられて、私も満面の笑みで、さすがパンドラの末裔、好奇心に突き動かされて、考えるよりも先に、無邪気で無分別で勇敢な問いがつるりと口から滑り出て、マリヤムばあさんの心の箱をこじあけた。

おばあちゃん、戦争の予感はなかったの？

その瞬間でした、ああ、マリヤムばあさんが、ガラガラと、涙の海の底へ崩れ落ちた。すべてをなくした、戦争で何もかも失った、物も食べられなかった、水も手に入らなかった、着る物もなかった、着の身着のままで命からがら逃げた、苦しみ、心臓も止まりそうな苦しみ、ロシア兵に九人殺された、一番近い親戚が家の中庭で九人殺された、こんな小さな女の子、笑うとえくぼができてかわいかったあの子が殺された、髪が長くて可愛らしかったあの子の姉さんも殺された、殺される三日前に私の避難先にやって来て、おばあちゃん、小麦粉あげようか、砂糖あげようかと言ってくれたあの子が殺された、殺されたあと、二週間も、誰もそこには近づけなくて、嫁入り前のきれいな娘の顔と体をねずみと犬が食いちぎっていた、若い母親のマリカが心臓を撃ちぬかれて殺されていた、母親の腕に抱かれていた赤ん坊は眉間を撃ちぬかれて殺されていた、そのうえ機関銃で蜂の巣にされていた、胸ポケットのロシアのお札も蜂の巣だった、死体を洗ってあげようと思っても、母親が固く抱きしめていた赤ん坊を引き離すことができなかった、あの人たちは家畜を沢山飼っていたから、家畜を置いて避難しようとはしなかった、女と子どもばかり、戦闘員でもない者たちが殺されるわけがないと思っていた、ああ、でも、私たちはあの子たちが殺される前に恐ろしいものを見ているんだよ、道端にバラの若いチェチェン人兵士の死体があったんだよ、死体のそばに若者を切り刻んだ斧が落ちていたんだよ、私たちは目を閉じた、あんなものを見るのはよそうと目を閉じた、恐ろしいことが起こっているということは、恐ろしいことになるんだということはわかっていた、けれど、私たちは目を閉じた、自分たちの運命が、これ以上目に飛び込まないよう、固く目を閉じた……。

おばあちゃんの娘のトマが言いました。確かに何か起きそうな空気はあった、でも、こんなに大変な戦争になるなんて思いもしなかった、同じソ連市民だった私たちを、戦闘員でもない女や子どもを、ロシアの軍隊が殺しにやってくるなんて、信じられない、信じたくない。戦争の予感？　それは戦争が始まってから、ああそういえばと、ようやく気がつく、取り返しのつかない思いのことなのよ。

偉丈夫の息子のムサが言いました。ダゲスタンへと逃れる道で、検問のロシア兵に捕まった、雪と氷と泥のぬかるみにうつ伏せになれと命じられて、頭に銃を突きつけられて、動いたら撃つと言われて三時間。俺は殺される恐怖に石になった。銃を突きつけるロシア兵も、殺す恐怖に石になった。結局、引き金は引かれず、いま俺はここにいる。そのわけ？　いったい、石に何がわかる？

ルイザは、何も言わない。涙が落ちそうになると、束の間、すすすと部屋の隅に行く。

そして、私はといえば、自分でこじあけておきながら、飛び出してきたものに不意打ちを食らって、悪さをした子どものようにうろたえ、何か言わなくてはと虚空によろよろ視線をさまよわせ、救いを求めるように、ねえザーラ……。こみあげる涙をじっとこらえているザーラに向けて、わけのわからぬ不安に泣くことすらできない私は声にならない声で呼びかける。ただただ知った風の言葉を並べて、ばかみたいに饒舌に話しかけるのです。

わえザーラ、私たち人間というのは、パンドラの時代から、さんざん戦争と死の恐怖を味わってきた。性懲りもなく、繰り返し、チリヂリバラバラなまま、あっちこっちで殺しあったり、殺されたり、しょうがないね、人間って、忘れっぽいから、愚かだから。私、そういうふうに、ずっと思い込んでいたけれど、違うね、私のほうがよほど愚かね。人というのは、忘れたくても忘れられないことを忘れたい忘れたいと念じつづけて、心の奥の記憶の箱に封じ込める。封じても疼く記憶に、箱はいつも涙の深い暗い海の底。そして、人は物言わぬ石になる。

彼らが封じ込めた記憶は、私たちの予感。でも、チリヂリバラバラの私たちの目に映る彼らの涙はただの喜怒哀楽の水、石はただの言葉も意思も持たないただの塊り。そして、私たちは記憶を受け取りそこねる。だから、予感はいつも災いのあとにやってくる。あのアウシュビッツのユダヤ人でさえ、ガス室でガスが噴き出るその時まで、死の予感をわが身から遠ざけていた。死んでも運命など見るものかと、固く目を閉じていた。もう逃げ場がないほど災いに取り囲まれてしまったその時に、誰が目をあけていられるものかと。

ねえザーラ、あなたの言葉と私の言葉はいまだに違う。語りたいことも語りたくないことも語れないことも、ふたりはずいぶんと違う。それでも、こうして、パンドラが振りまいたあらゆる災いが相も変わらず咲きにぎわうこの世をふたりは並んで歩いている。それもひとえに、私たちにただ一つ残された〝目の見えぬ、盲な希望〟ゆえ？

さあ、チャイを飲んでね、砂糖もたっぷり入れてね、ルイザがそう声をかけるのも、もう一〇回目、いや二〇回目でしょうか。何度もお湯を沸かして、冷めたチャイをいれかえて、気配を殺して客人に気を配る、その静かなたたずまいに、私も落ち着きを取り戻します。

涙の海から帰還したマリヤムばあさん、変わらぬ揺るぎのない眼光で客人を見つめて、きっぱりとこんなことを言いました。いいかい、チェチェン人を殺したロシア人を裁くのは私たちではない、それは人間の領分のことじゃないんだ。だから、私は、ここにロシア人が訪ねてきたって、精一杯もてなすさ。客人というのは、どんな人であれ、こうやって、心を尽くしてもてなすものなんだ。今はこんな身の上だから、粗末なもてなししかできないのが本当に悔しいよ。いいかい、あんたたち、私たちがグローズヌイに帰ったなら、絶対にグローズヌイの家に遊びに来るんだよ。今度こそ、きちんと豪勢にもてなすからね。

ええ、必ずお訪ねしますとも！　そう歌うように答えた私、ようやく気づきはじめていたんです。ザーラが私に呼ばれ、そして私がザーラに呼ばれ、こうしてここにやって来た、そのことの意味。じわりじわり、五臓六腑にしみいるようにわかりはじめた。

ねえザーラ、私たちの心のうちには、自分では開くことのできない記憶の箱が一つ。私には私の箱は開けない、でも、あなたがその手で開いてくれるなら私は大丈夫。あなたにはあなたの箱は開けない、でも、私ならきっとそれを開いてあげられる。あなたの記憶は私の予感、私の記憶はあなたの予感。そうして、私たちは、神々から賜った真実の物語をはみ出していく。そう、あけてはならぬパンドラの箱の物語は、もう遠い昔のお話、〝目の見えぬ、盲な希望〟は、とかく神の思惑をはみ出す人間どもに神が贈った呪縛の言葉。ほら、目をこらして。神々が語るこの世の真実と偽りのはざまを生き抜いていく人間たちの姿が見えるはず。さあ、耳を澄まして。人間たちのいまだ語られていない物語の呼び声が聞こえるはず。われら、パンドラの末裔、箱を開く者。

彷徨いの絆

風に託して、この手紙をあなたに送ります。私の知らないどこかへと彷徨い出していったっきり、姿の見えないあなたに送ります。

あなたには、私の姿は見えているのでしょうか?

相も変わらず、私は旅の空の下。相も変わらず、旅ゆくほどに、道は千々に乱れ分かれて、旅の行方をつかみかねて、私はひたすら耳を澄まします。

ほら、こっちだ、こっちにおいで。

キラキラとまたたく誘惑は星の数ほど。だから私は、誰よりも何よりも小さな声を、沈黙に包み込まれた声を、必死に追いかけて、そろそろと歩いていく。そして、流れ着いた北の果ての港町、稚内。丘の上の大きな白い羽の風車がぐるぐると、天から降り注ぐ雪をかき回すから、町も人も私も渦のように吹きつける無数の雪の粉に絡めとられて凍りつきそうになるのです。

絶え間なく風が吹きぬける町でした。風に足をすくわれまいとうつむきかげんに歩いて、港をめざして、ふと、見上げた、標識。目を奪われました。

声問。コエトイ。

それは、昔々、この地に風が刻みつけていった名前。遠い昔、草も木も石も虫も魚も鳥も獣も人も風も雲も、すべての存在が声を贈り贈られ、いのちを贈り贈られていた時代、この地に、自分以外のすべてを切り刻むかのような小賢しい文字を大地の上に書きつける人間が現れた頃のお話です。風が声をあげました。北の海が風に応えました。人間たちが文字を刻みつけた大地に波を叩きつけました。波が小賢しい文字を砕いて、風が遥か彼方に吹き飛ばした。そして、風の声、波の音を聴き取った人間たちが、畏怖の念に震えながら、その記憶をこの地の名前にとどめた。

いいえ、もちろん、その時、標識に目を奪われていた私が、そんなことを知る由もありません。昔々のお話です。風の声を聴いた人々も、時の波間を漂ってどこに行ってしまったのか。もう、そこにその姿はありません。大地の上には文字が溢れかえるようになりました。人間は文字にまみれました。でも、あの時の風の声は、確かに、今も、そこにある。昔と変わらず、そこにある。通りすがりの旅人の耳を打つ。

「おまえ、何しにここにきた？　おまえ、何を探してどこに行く？」

見えない、聞こえない声が私の体に叩きつける問いに、立ちすくみました。

風に、言葉を、奪われました。

私は、この北の果ての港町から、さらに北、かつて樺太と呼ばれていた島へと渡ろうとしていたのです。いつか届いた風の噂に、かつて北の最果ての島の地の底へと数え切れないほどの者たちが呼び込まれ、のみこまれていったのだという話を聞き覚えていました。

地の底、ちのそこ、チノソコ。口の中でころがすうちに、その響きに引きずられて、知らず知らず歩き出した、北への旅のはじまり。地の底にのまれた無数の人々が越えた荒ぶる海峡を、海が凍りつく前に、あの人たちと同じように、風にもまれて、波に打たれて、越えていこう、ただそれだけを思っていました。

港では、この冬最後の船が、私を待っていました。とにかく乗ってしまおう、どうせ、どこかに行かなければいけないのだから……。立ちすくんだ心で、誰に言うでもなく、ひとり声にならない声で呟きながら、海峡を行きかう見知らぬ旅人たちにまぎれて、私は船に乗り込んだのです。

激しく海峡に流れ込む海流と海を渡る風がせめぎあう真冬の北の海に、恐ろしいほどに船はもみしだかれます。船をカッと呑み込んでは吐き出す波濤に体ごとつかまれて揺さぶられて、自分が体から飛び出してしまいそうでした。黒くうねる海面が、船室の窓よりも上に見えました。どすんどすんと船の腹にあたって砕け散る波のしぶきが、デッキの手すりに空に向かって伸びるつららを作りつづけていました。

「おまえ、何しにここにきた？　おまえ、これから何を探してどこに行く？」

風が追いかけてきます。言葉をなくして空っぽになった私の胸のうちで渦を巻きます。ああ、この旅は風が道連れなのか……。何羽も何羽も小さな白い海鳥が遠い島影のほうへと、吹きつける冷たい雪をものともせずに荒波越えて飛んでゆくのを目で追いながら、私は胸のうちの風の声を聴きつづけていたのでした。

あなたは知っているでしょうか？　この雪と氷の鱗に幾重にもおおわれた巨大な魚のような北の最果ての島に流れ着いた者は、みな、ジャコウ鹿だということを。ひとところにとどまることなく、島の山野を絶え間なく漂い歩くちっぽけな獣、ジャコウ鹿。

おう、俺のとうちゃんは、チョウセンから流れ着いたジャコウ鹿だったよ。あの山この山、野ゆき海ゆき、飛び跳ねて、チョウセン、ゲンカイナダ、シモノセキ、カゴシマ、シコク、ホッカイドウ、気がついた時には、北の最果ての島、出るに出られぬ深い穴、地の底の闇。そして、この俺は地の底生まれ島育ちのジャコウ鹿よ。

そう言ったのは、島で最初に出会った武骨な顔つきをしたジャコウ鹿です。島にたどりついたはいいものの、次の一歩を踏み出しかねてぼんやり立ち往生していた私を見かけて、つい声をかけてきた。そんな感じでした。

よし、俺について来い、右も左もわからないおまえみたいなやつを、穴ぼこだらけのこの島に放り出しておくわけにはいくまいて。ああ、今日は吹雪だな、吹雪の日は最高だな、風にまみれて雪にまみれてあの道この道、ああ、心底、生きているって感じがするな。さあ、ついてこい。

私もジャコウ鹿になりました。吹雪の町を地の底生まれのジャコウ鹿のあとをヨロヨロと追いかけて、あの道この道彷徨ううちに、チュウゴクから流れ着いたジャコウ鹿の群れの真っ只中に突っ込んでいました。ええ、そこはバザールだったんです。赤、青、黄色、白、黒、緑、下着に上着に外套に毛皮の帽子、チュウゴクから運んできた品物が、申し訳程度の屋根の下、吹きさらしのバザールに山積み。見回せば、遠い西の果て、コーカサスから漂いついたジャコウ鹿も、乾いた中央アジアからやってきたジャコウ鹿も、ロシアから流れ流されてきたジャコウ鹿も、どこからきたのか見当もつかないジプシージャコウ鹿も店を出していました。

「哪国人、哪国人？　Откуда（どこから）？　뭣하러왔어（何しに来た）？」

遠い南から彷徨いきた旅人がまとう、どこか違う匂いをかぎつけて、あちこちからそれぞれに違う匂いを放つ声が飛んできました。

「おまえ、どこから来た？　何しにここにきた？　何を探してどこに行く？」

その声に応えるように、胸の中の風が騒ぎました。

渦巻く声、声、声、そぞろ漂い揺れる思い。見えない手が体に斜にかけたかばんの中から財布をかすめとっていったことにも旅人は全く気づかない。あなたも知ってのとおり、いつもながらに迂闊で危なっかしい旅人は、ついうっかりその庇護者になってしまった実直武骨な島育ちジャコウ鹿に深いため息を吐かせるのでした。

いいか、地の底だけが穴じゃないんだ、おまえ、ぼんやり、ふらふら、ただ歩いていると、穴にのまれるぞ……。

地の底を生き抜いたチョウセン生まれの老ジャコウ鹿に会ったのは、島にたどり着いてから何日目だったか……。すっかり髪も白くなって、もう八〇歳なんだ、海越え山越え野越え今まで彷徨い生きてはきたけれど、あとは真っ直ぐ一本道、三途の川に行くばかり、そう言って、カラカラ笑って、冥土に旅立つ前の置きみやげに話しておくさと、地の底の話を通りすがりの旅人に語って聞かせてくれたのです。

その昔、といっても、六十数年前、北の最果ての島に流れ着いた者たちがのみこまれていった戦争の世。戦争の動力、燃える黒い石が、無数の命とひきかえに掘り出された時代の地の底の話。

生まれた土地でカミを見失い、彷徨い歩いた土地土地のカミガミに突き放され、半島から、列島から、北へ北へと押し流されてきた無数の無名のジャコウ鹿。俺もそのうちのひとりだったというわけさ、と始まった問わず語り。
あの頃、流れ者のジャコウ鹿はな、地の底に潜る前のほんの束の間だけ、皇国の「神」の前に立たされて、皇国臣民という名前の人間に姿を変えたんだよ。

整列！　番号！　イチ、ニ、サン、シ……、宮城遥拝！　イチ、ニ、イチ、ニ、君が代斉唱！　イチ、ニ、イチ、ニ、皇國臣民ノ誓詞！　我等ハ皇國臣民ナリ忠誠以テ君國ニ報ゼン　イチ、ニ、イチ、ニ、われら地の底の民、燃える石に死に物狂いで打ちかかります、イチ、ニ、イチ、ニ、我等皇國臣民ハ互ニ信愛協力シテ以テ團結ヲ固クセン、イチ、ニ、イチ、ニ、われら地の底の民、死ぬ時はもろともに、イチ、ニ、イチ、ニ、我等皇國臣民ハ忍苦鍛錬力ヲ養ヒ以テ皇道ヲ宣揚セン、イチ、ニ、イチ、ニ、われら地の底の民、月月火水木金金。

歌って誓って呪文を唱えるその時だけは、われらジャコウ鹿も人間様よ、皇国臣民よ、「神」の子よ。だけど、それで勘違いしたらいかん、皇国の「神」は地の底まではついてきてはくれない、地の底に潜る穴の入口のところで、はい、さようなら、しっかり燃える石を掘り出してこい、地の底で生きるも死ぬもおまえたち次第、それは「神」の領分ではない、「神」は天におわすんだから、というわけだ。お天道様が沈んだあとで地上にあがれば、真っ暗闇、穴の入口で出迎えてくれる「神」も仏も人間もいやしない。なに、穴から出る時には、人間様からもとのジャコウ鹿に戻っているから、仕方ないやね。みんな、「神」が、決めたことなんだから。人間が「神」に逆らえるわけがないんだから。まして、ジャコウ鹿には、どうしようもないわな。はは、お若いの、面白いことを尋ねなさる、地の底にチョウセンもニッポンもあるものか、そんなバカなことを四の五の言ってもめている間に岩盤が落ちてくればチョウセンもニッポンもなく押し潰されてお陀仏よ、生きて地上に出るために、誰も彼もただただ死に物狂いよ、死ぬか、生きるか、地の底に潜るか、地上にとどまるか、その分かれ目はチョウセンかニッポンかじゃないよ、人間様かジャコウ鹿か、それで運命が決まるんだよ。でもよ、あの戦争に負けたから、もう、皇国の「神」も消えていなくなったんだろう？「神」が消えても、人間の振舞いがそのまま変わらないというのは、いったい、どういうことなんだ？いまだにジャコウ鹿は叩きのめしたまんま放っておけばいい、いまだにあの山この山彷徨いつづけていればいいという人間様の、そこのところが俺にはよくわからないところなんだな。

老ジャコウ鹿、首をひねりながら、そう言ったのです。

なあ、あんた、どう思う？　話を聞いたら聞きっぱなしってのはいかんだろ、あんたもちっとばかり考えて、俺の冥土のみやげにあんたの答えを聞かせてくれないか。

北緯五〇度の町の駅で夜汽車に乗りました。吹雪で一時間も出発が遅れました。四人用のコンパートメントに三人。二人はもう寝息を立てています。汽車は真っ白な闇の真ん中を疾走していきます。私は、ひとり、眠れない。うなりをあげているのは窓の外の風なのか、私の胸のうちの風なのか。

あなただったら、何と答えるのでしょう、あの老ジャコウ鹿の問いかけに。求められているのは、言葉じゃない。私、それだけはわかっていました、それだけは……。

実は、夜汽車に乗る直前まで、雪に埋もれた北緯五〇度の町で、〝トナカイの人々〟の末裔に会っていました。

〝トナカイの人々〟は風の声を聴き、風の声で話す。この人々こそ、この北の最果ての島にジャコウ鹿よりも誰よりも早くに流れ着いて、誰よりも長くこの島に生きてきた。そんな彼らを〝滅びの民〟と呼んだのは、ジャコウ鹿たちを地の底に送り込んだあの「神」とそのしもべたちです。「神」は、彼らが滅びに向かって彷徨い歩くことを運命づけたのだといいます。その〝トナカイの人々〟の末裔たちが今も暮らす町がある。そんな話を伝え聞いてしまったら、どうしようもなく会いたくて、あとさき考えずに訪ねていったのです。

今なお、風の声で話すことのできる数少ない末裔たち、そのうちの一番若いひとり、でも、それでも六〇歳近い、柔らかな目をした小柄で小太りでぷくぷくと可愛らしい女の人に会いました。コロコロコロコロ、小さな土の鈴を舌先で転がすような、サワサワサワサワ、風にそよぐ緑の夏草のような、そんな声で話す人でした。

あなた、私に何を聞きたいの？　何を知りたいの？

そう〝トナカイの人々〟の末裔に尋ねられました。

ただ会いたかった。でも、それだけでは足りないような気がして、じっと〝トナカイの人々〟の末裔の顔を見つめるうちに、思わず、口走ってしまった。

あなたの歌を聴きにきました。あなたが歌う〝トナカイの人々〟の歌を。

歌ってくれました。戸惑うことも、ためらうこともなく、歌ってくれた。風と語らい、草と語らっては歌っていたという彼女のおばあさんから受け継いだという歓待の歌を、見知らぬ通りすがりの旅人のために、私だけのために、歌い終わったなら、そのまま、どこかに吹き抜けていく風の声で。

ソロジェ　ソロジェ、アンダハサリ
ソロジェ　ソロジェ
ソロジェ　ソロジェ　オーリンガージ　ヤーウェプー
ソロジェ　ソロジェ
ソロジェ　ソロジェ　アンバラウィ　ヤーウェープー
ソロジェ　ソロジェ
ソロジェ　ソロジェ　アグダプセー　タンダホソー
ソロジェ　ソロジェ

こんにちは、こんにちは、わがやに遊びにきてください

こんにちは　こんにちは
こんにちは　こんにちは　歌もうたってさしあげましょう
こんにちは　こんにちは
こんにちは　こんにちは　あなたの健康と幸せを歌いましょう
こんにちは　こんにちは
こんにちは　こんにちは　ありがとう
こんにちは　こんにちは

それは、遠い昔、この島に〝トナカイの人々〟が流れ着いた時に、島が彼らに贈った歓待の歌。贈られた歌を、彼らは彼らのあとからやってくるあらゆるものに、風の声で歌い贈ってきたのです。

眠りに落ちた夜汽車のなかで、ひとり目覚めている私は、繰り返し繰り返し、ソロジェ、ソロジェ、こんにちは、こんにちは、低い声で、ひとり歌っていました。声問に立ち尽くしたあの時から、風だけが渦巻いているからっぽの胸のうちに、歌を響かせました。

歌いながら想い起こします。

私が訪ねた〝トナカイの人々〟の末裔は、いくつもの宙に浮いたような名前を持っていました。私が出会ったジャコウ鹿たち、彼らもまた、いくつもの地の底の闇を引きずる名前を持っていました。この島自体、風の声を封じ込めるかのように、大地の上に幾重にもいくつもの名前が貼り付けられていました。

歌いながら思うのです。

他国からこの島に降り立って、島から黒い石、燃える幸を贈られ、〝トナカイの人々〟から歌を贈られ、ジャコウ鹿たちから命を贈られた「神」が、それとひきかえに島の地の底にもたらした神なき深い闇を、断ち切り封印する名前を、彷徨いの生を……。

歌ううちに気づくのです。

ああ、この北の最果ての島そのものが、この世の地の底だったんだ。地の底にのみこまれ、地の底を生き抜き、ふたたび地上にジャコウ鹿たちが彷徨い出たとき、闇もまた地上に彷徨い出てきたんだ。ああ、この世界そのものが地の底の闇に包まれているんだ。私もあなたも、誰も彼もが、闇を彷徨う旅人なんだ……。

夜汽車は白い闇の底を走っていきます。窓の外でも、私の胸のうちでも、ソロジェ、

ソロジェ、風が歌っています。この世を彷徨するすべての者たちを結び合わせるようにして、風が闇を吹きぬけていきます。

遥か昔、この島で、この世界で、あらゆる生あるものたちは、彷徨い、出会い、歓待の歌を贈り贈られ生きていた。忘れるな、彷徨う者は絆を結ぶ者、絆は闇を払う光。そう風が囁きかけます。

ソロジェ、ソロジェ、今まで出会ったすべての人々に、これから出会うあらゆるものたちに、そして、私の知らない世界のどこかを彷徨うあなたに、ソロジェ　ソロジェ。

この手紙を風がきっとあなたに送り届けてくれることでしょう。きっとあなたは風の息吹に私の声、私の姿を感じとることでしょう。

長夜のねむりは獨覚

眠れません、眠れません、旅の夜空の仮寝の宿で、目をつぶる私は、まぶたの裏で煌々と燃える闇に包み込まれて、眠れない。

西の果ての砂漠で出会ったあなた、あなたも眠れぬ旅人なのではないですか？

私は、もうずっと、眠ることもならずに、朝を迎えては、うつらうつらと歩いているのです。

南の果ての島々を漂う旅の道連れになったあなた、朝まで私と語り明かしてくれませんか？

今日も見知らぬ地をゆく私の、うつらうつら定かならぬ足元から這いぼってくるのは、いつの世も絶えることなく、行方もしれぬ旅をゆく者たちがぽろりぽろりと身からこぼした無常の声。そして、私も、ぽろりぽろり、寝言のようにおぼろな声で口ずさむ。
北の果ての白い町ですれちがったあなた、聴こえますか、私の声？

長夜のねむりは獨覚《ひとりざめ》　五更《ごこう》の夢にぞ驚きて　静に浮世を観ずれば　僅かに刹那の程ぞかし　時候ほどなく移来て　五更の天にぞ成りにける　念々無常の我命何日生《いつかしょう》死《し》に陥《おと》されん　人命《にんめい》無常とどまらず　山水よりも甚だし　僅かに今日迄保てども明日の命は期《ごし》がたく　三界《さんがい》ところ廣けれど　きたりて留まる所なし　四生《ししょう》の形は多けれど　生じて死せざる躰《たい》もなし　三界すべて無常なり　四生何《いづれ》も幻化《げんけ》なり　此中にすむ人はみな　譬《たとえ》ば夢にぞ似りける　東黛前後《とうたいぜんご》の夕けむり　昨日靉靆《きのうもたなびき》きょうも作立《たち》　北芒朝暮《ほっぼうちょうぼ》のくさの露　後前《おくれさき》だつためしあり

——空也上人御和讃

私には、もうずいぶんと長いこと、いつの頃からか、春になったら帰ってくるつばめのように、北に流れていっては舞い戻り、南に漂いだしては飛び戻り、身と心にまとったよろいかぶとを脱ぎ捨てるようにして旅装を解く、ささやかながらも心休まる旅の宿り木がありました。

そこからはぐるりと大きな山なみが見える。時折思い出したように熱い息を吹きあげる山なみです。神代の頃に、その山なみの一角を荒々しいイカズチが燃える足で蹴破った裂け目から、たたえられていた天の水が滔々と流れだし、有象無象のさまざまな命が息づきはじめた。そんないわれのある大地の上に、私の大切なこの世の旅のつましい庵のごとき宿り木がありました。

でも、そんな遠い昔の夢のようなお話は、私にとっては、二の次、三の次。そこにはいつも、私を迎えて、共に食べ、共に眠る人がいて、私はひなどりのように手放しで安心している。それがすべて。

いいや、それは幻だろう、闇夜の狐の宿だろう、たぶらかされているのか、あんたがたぶらかしたのか……。そういぶかしげに呟いたのは、神も仏も魔も邪も善も悪も嘘も真も何もかもが正体不明に溶けこんだ東の都市で出会ったあなたでしたね。

ええ、幻でしょう、それは、眠れぬ私が白昼夢のなかで産み落とした慰安の宿なのかもしれません。

幻、私が産み育て、私が迷い込みたい幻、私が脱け出したい幻、旅する私の大切な宿り木。

あの時、不意に、いつものように宿り木に降りたった私に、宿り木の主の男がこう告げたのです。

俺は、もう、俺ではない。俺は、もう、この世の者ではあって、この世の者ではない。死んでしまった？　いや、そういうことではない。なら、生きている？　生きてはいる、生身の俺の体はある、でも、もう、この体は俺のものであって、俺のものではない。俺の心もここにある、でも、それは俺の心であって、俺の心ではない。

それでは、あなたは、誰？

俺は、おまえだよ。俺は、おまえの知る者たちのすべてだよ。俺は、おまえの知らない、見えない、聞こえない、形のあるものないもののすべてだよ。

私は、見慣れた顔の、見慣れぬ人を見つめました。落ち着かない、共に食べても落ち着かない、共に眠っても落ち着かない、男の内側からか背後からか、ざわざわやってくる見えない気配に落ち着かない。男が息をするたびに私のなかに染み入ってくる見知らぬものたちの気配に落ち着かない。私が私でなくなっていくから落ち着かない。私の大切な宿り木がすーっと霞んで消えてなくなっていくようで、眠れない。

気がつけば、私は、閉じたまぶたの裏側に煌々と燃える闇の中の迷い道にひとり立ち尽くしていました。


眠れません、あの日からますます眠れません。私のなかでざわめく気配が私を眠らせません。私は、うつらうつら、流れて、漂って、道ゆく旅人たちとすれ違ったり、言葉を交わしたり、連れ立って歩いたり、結ぶ縁が明日の旅路の導きの杖。

そう、北の海峡で、同じ船に乗り合わせた旅人が、波に揺られて眠れぬ一夜に語り聞かせてくれた真っ暗闇の物語、数十年前に迷い込んだという地の底のお話に誘われて、南へ、南へ。たどりついたのは、その昔、石炭と人の命を惜しげもなく燃やして栄えた町でした。

町を見わたす丘の上に立ちました。

目の前には、数千数万の小さな赤い煉瓦を積み上げて作られた巨大な煙突が二本、並んで天を突き刺している。物語に聞いた、地上と地の底を群れなして行きかったという人影は今はもうありません。迷い込もうにも、地の底に通じる道すら、見あたらない。

なのに、地の底からの明朗な歌声が、途切れることなく、あたりに響きわたっている。

一山　二山　三山越え　奥に咲いたる　八重つつじ
なんぼ色よく咲いたとて　サマちゃんが通わにゃ　仇の花　サノヨイヨイ

月が出た出た　月が出た　三井炭鉱の上に出た
あんまり煙突が　高いので　さぞやお月さん　煙たかろ　サノヨイヨイ

この町には実に気の利いた歌声再生機があったのです。

まことに便利で親切なことに、かつてこの町の地の底を走る石炭の鉱脈の中に掘り当てた凹に名高いこの一曲を聞かせてやろう、さあ、このスイッチを押してごらんと、丘のふもとの平地の片隅に備えつけられた歌声再生機が誘いかける。それは、たぶん、通りすがりの旅人たちへのお節介な心遣い。旅人の無常の思いが、地の底に封じ込められた無数のいのちの歌声と響きあわぬよう、地の底から滲み出し立ちのぼる闇に染まった歌声に呼ばれてうっかり封印をはがして地の底へと迷い込んでいかぬよう、お墨付きの無毒な歌を地表に高らかに鳴り響かせる。そのスイッチを、私がわけもわからず何度も押したものだから、明朗な歌声が一向に鳴りやまないのでした。

私は、地の底の、闇の奥へと、迷い込んでいきたいのに、真っ暗闇のふところで我を忘れて眠りたいのに、明るく朗々と流れる無情な歌が、この町のそこかしこにあったはずの黒々とした闇の口を痕跡もなくかき消してゆく。

うつらうつらうんざりと、あんまり高い赤い煙突を見あげて、一点の曇りも翳りもない歌に包み込まれる丘の上。

一つ、二つ、三つ、四つ、五つ、六つ……、丘の上にも、丘の下にも並び立つ記念碑、慰霊碑を数えました。大きく太く刻まれた記念碑の建立者たちの名前、中には名前を黄金色に染めているのもある。その名前たちが、再生機から流れる歌にみずからの野太い声を重ねて歌いかけてきます。

闇を封じたのはこの「私」だ、サノヨイヨイ、煌々と明るい光に包まれた今日をもたらしたのはこの「私」だ、サノヨイヨイ、闇など忘れろ、闇の中の歌声などみんな消してしまえ、サノヨイヨイ、光だけを見よ、目がつぶれるまで、光だけを見よ、この

「私」だけを見よ、サノヨイヨイ……。

うんざりうつらうつら、私はまとわりつく歌と光を振り払う。

そう、私と言えば、まったく、目の前にスイッチがあれば押したくなる、まとわりつかれれば振り払いたくなる、穴があれば深く落ちていきたくなる、闇があればその奥へ奥へともぐりこみたくなる、封印があれば引き剝がしたくなる、光があれば目をそらしたくなる、「私」「私」と言いたてる者がいれば顔をそむけたくなる。

そういうおまえは何者なのだと問われれば、わかりません、ただただ私は眠れないのです。私のまぶたの裏、心のうちに、いよいよ広がる、煌々と燃えてざわめく闇が私を眠らせないのです。眠れないのは私なのか、私ではない誰かなのか、いよいよわからなくなっていくのです。

ただこれだけは知っている。故郷を問い、神を問い、言葉を問い、おのれを問い、果てしない問いに憑かれて彷徨ったすえに、引き寄せられていくのが地の底の闇だということを。

北の海峡をあとにして南にくだってゆくその道の分かれ目ごとに、遥か先を歩いていった見知らぬ旅人たちが書き置いていった手紙が、そのことを私に伝えました。手紙を拾い上げては読んで、読んでは歩いて、彼らが歩いた道筋をなぞるようにして、地の底の闇を封じた町の丘の上までたどりついて、うつらうつら反芻するあの言葉、この言葉。原子の閃光に焼かれた目には闇しか映らなくなった、でも、地の底だったら生きていける、地の底の闇のなかでようやく光を取り戻した、地の底の闇に救われた、そう書き残した者がいました。

故郷も、故郷に根をおろした名前も言葉も何もかもを、進歩という名の神の手で奪われて、身も心も宙吊りになったけれども、闇の底に明日の故郷を見いだしたと記した者もいた。

もっと不安な、もっと混沌とした、もっと自分でなくなる、もっと根っこへと、花咲かぬ処へと、暗黒のみちるところへと、存在の原点へと、段々おりてゆくほかない、そうしないかぎり真に生きるための言葉は生み出せないのだという激しい叫びを手紙に刻みつけた者もいます。

私とあなたの境目すらも溶けてなくなる闇だからこそ、私でもありあなたでもある私たちの新しい故郷、新しい言葉、新しい神をこの闇の底から産み落とすことができるはずと呟く者もいました。

闇の底からやってくる言葉はせつない、痛い、愛おしい。あの人たちの言葉は私の言葉、愛すべき愛されるべき私の言葉。思わず、抱きしめる、あの人たちの言葉。

ああ、でも、私の意識が朦朧としているからでしょうか、心の中がざわざわと落ち着かないからでしょうか、実のところ、私には、ひたすら地の底をめざした者たちの言葉の一つ一つに刻まれている「私」という存在と、ひたすら光をめざして地の上にわが名を刻んだ記念碑を建てた「私」という存在との見分け聞き分けが、なかなかうまくいかないのです。

「私」であることを厭うて闇の中に「私」を溶かし込もうとする者たちの声も、「私」であることを誇り称えて光で「私」を照らしだそうとする者たちの声も、同じく「私」に捕らわれて、縛られて、じたばたと、「私」の中で朽ちてゆく、無明。


丘の上で、目を開いたまま、夢を見ました。私の夢ではない、他の誰かの夢の光景。

土の時間、水の時間、草の時間、風の時間、人の時間を織りあげながらこの世を流れてきた遥かな時間をぶつりと断ち切って、石炭を動力にした時計仕掛けの時間と言葉の中にすべてを投げこんで、光よ進歩よ発展よと時を刻み、人を刻み、どうしても刻みきれぬ血と肉と骨を地の底の闇に埋めて封じたこの一〇〇年の光景が、記念碑立ち並ぶ丘のふもとを鮮やかに覆いつくしていました。

あたりは一面の骸骨の原である。陰毛のような草の生えた湿地に、ありとあらゆる種類の人骨が、足のふみ場もないほど散乱しているのだ。それも、わたしの周囲だけではない。暗くてさだかには見わけられないが、微かに螢光を放って燃えているのが骨であるとすれば、ここは見わたすかぎり人骨の原である。

——上野英信「黒い朝」より

おろおろと私が歩く無常の骨の原に、歌声再生機から放たれる声がこだまする。セキタンヲヒロエ！　セキタンヲヒロエ！　ホネヲヒロウナ　セキタンヲヒロエ！　気がつけば、無数の影が、おろおろと、ざわざわと、私の周囲を漂っている。影たちが拾っては背に負う袋に入れているのは、セキタンなのかホネなのかイノチなのかコトバなのかワタシなのかアナタなのか。

私も拾いました。「私」の行き止まりの骨の原で、行き倒れた無数の影たちのホネを拾い、イノチを拾い、コトバを拾い、ワタシを拾い、アナタを拾い、私は影になり、影は私になり、ふと我に返ると、丘の上にぽつんとひとり。

私は、ここでは、行き倒れない。ゆらり、立ち上がる。うつらうつら、歩きはじめる。

歌は啞《むこ》にききやい
道ゃめくらにききやい
理屈《りくち》ゃつんぼにききやい
丈夫なやちゃいいごっばっかい*

私のうちの煌々と燃えてざわめく闇の底に、静かに力強く響く声を聞きました。それは、今思うに、行き止まりの向こうへと出ようとする私の無事を祈る影たちの声だったのかもしれません。

しかし、眠れません。ざわざわと眠れぬまま、私は宿り木へと向かいました。安らかな眠りが欲しいわけではない。私は、ただただ、行き止まりの向こうへと歩きだしたい。その前に、いや、そのために、宿り木の男に出会いなおしたかったのです。

私がやってくる足音に耳を澄ましていた男が、これまでと変わることなく、私を迎え入れました。またずいぶんとたくさんの影と一緒に来たものだなと、つぶやきました。眠りたくて、地の底に迷い込もうとして、行き止まりの骨の原にたどりついて、夢からさめた。そう私は男に告げました。

おまえが旅をしている間、泥にまみれて、土を掘り起こして、道を拓いていた。男が語りはじめました。

土を掘り起こせば、地の底で深い眠りに落ちていた者たちにも出会う。不意に起こして驚かせて申し訳なかったと詫びながら、それでも、道を拓くのが俺の仕事だから、俺が拓く道はあなたがたが歩いた道の記憶も道の時間も結び合わせた道になるから、この道は無明を超える道になるから、必ず新しい眠りの場所を用意するから、どうか、この場所からお移りくださいと、そう心を尽くしてお願い申しあげるんだ。あなたがたが眠りについた頃に拓かれていた無明を超える道は、百年千年の時の塵にまみれ、「私」という業で断ち切られ、忘れられ、見えなくなってしまったから、こうして、また別の新たな無明を超える道を拓こうとしているのです、どうかお力添えをと、心の底から祈ってお願い申しあげるんだ。そうやって、人間は、繰り返し繰り返し道を拓いてきたのだということを、土を掘り起こすうちに俺は知ったよ。出会ったんだ、一〇〇〇年前の俺に、五〇〇年前の俺に、二〇〇年前の俺に。それは俺ではあるけれど、俺ではない、俺が出会った俺とは、ただひたすらに道を拓いては倒れていった数え切れない者たちが残していった深い想い。今こうして、ここで、みずからを俺と呼んでいるこの存在は、託された無数の想いを祈りとともに受け止めて、祈りとともに次の俺へと送り届ける、ただそれだけのための存在なのだと、俺は気づいた。いや、俺だけではない、おまえも、この世に漂う無数の「私」も、ただそれだけのための存在なんだよ。ただそれだけであることが、どれだけかけがえのないことか……。

男のなかにざわめく無数の想いと、私のなかにざわめく無数の想い。私は、これまでと同じように、男と共に、食べました。これまでとは違って、男と共に安らかには眠りませんでした。共に食べて、ざわめきを送り送られ、共に眠らず、想いを送り送られ、男でも私でも何者でもない何かになって、ただざわざわとしました。

私は眠らぬ旅人です。今は眠らないけれども、いつかきっと深く静かに眠れるから、ざわざわと、心安らかに東へ西へ、うつらうつら南へ北へ、幻を宿り木に、幻の向こうへと歩きつづけるのです。

長夜のねむりは獨覚、五更の夢にぞ驚きて、静に浮世を観ずれば、僅かに刹那の程ぞかし……。

＊鹿児島俚諺、上野英信『地の底の笑い話』より

熊本、コリア、洗足池、キラウエア

血糊のよう。

キラウエア火山が噴き上げる赤く燃えたぎる熔岩に思わずそんな言葉を漏らしたのは、一三〇年あまり前に英国からハワイ島を訪れた旅人、イザベラ・バード。

ハワイの火の女神ペレのすまいである巨大クレーターのような黒々とした火口、「永遠に燃える火の家」ハレマウマウ、その灼熱炸裂怒濤恐怖の穴を覗きこみ、穴の中のいくつもの小噴火口からペレが激しく吐き出す恐ろしくも熱く赤い息に顔を焼かれた、この勇気ある女性は、こんな逸話も伝えています。

ハワイの島々に白い宣教師たちが彼らの神とともに上陸したのが一八二〇年。その五年後、外来の神に帰依したハワイ島のある女性首長が従者を引き連れ、あえて女神ペレを侮辱し挑発するべくハレマウマウに降り立った。

「エホバこそが私の信じる神である。この火を燃やされたのはエホバの神なのだから、わたしはペレを恐れない。（中略）ハワイの神々はすべて虚しい。偉大にして善なるエホバは教えを説く者たちを遣わし、この虚無から生命を与える神へと導く正しい道を示された」

ペレはなんら表情を変えなかった。

二〇〇八年夏、私はキラウエア山頂の展望台に立ち、白い蒸気を入道雲のように天に噴き上げているハレマウマウを見おろしていました。

ハワイを訪れるのは三回目だったけれど、初めてのハワイ島、キラウエア。かつて韓国、中国東北地方、ロシア極東を巡り歩いたときに、旅人イザベラの『朝鮮紀行』が旅の良き水先案内であったように、ここでも彼女の旅語りを道しるべに歩いている。

ハレマウマウには、かつてイザベラがとりつかれ、身を焼かれるようにして引き寄せられていったあの激しさは、もうありませんでした。血糊の生々しさも、ない。けれども、眼下に広がる薄墨のような黒の果てしない荒野の地下を今も熱い血は流れつづけている。ハレマウマウは熱い息を吐きつづけている。生きている。くりかえし生まれ、産みつづけている、なにか得体の知れぬチカラ。

キラウエアのなだらかな山すそを海側へとぐるりと車で下って、一九九〇年に熔岩にのみこまれ一面の熔岩台地と化したカラパナの町に向かいました。

すかすかとした足音を立てて、黒い熔岩におおわれた見えない町を歩きました。靴底からじりじり熱が這いあがってきた。大きく息を吐き、深く空気を吸い込んで、ふくれあがり、触れるものすべてをつつみこむ、熱。

のたうち波打ち流れながらそのままくらぐらと固まった熔岩の大地、その硬質な黒い硝子のような感触の表層をうっかり踏み抜いてしまったら、ごうごう渦巻く灼熱の中に落ちていきそう。不安が胸を横切ったその瞬間、灼熱の渦に落ちて溶けて地の奥底で蠢いてドクドク脈打つ熔岩になって地中の闇をかきわけ海に向かって迸り出て天高く傍若無人な水しぶき土しぶきをあげて新しい大地に生まれ変わっていく、そんな自分を想像している。

熔岩台地に走る亀裂、わずかな隙間を押し開くようにして、草ども木どもがぐいと伸び出ていました。

しゃがみこむ。名も知れぬちっぽけな木と見つめ合う。鞭のようにしなやかにすっと立つ細く小さな幹、肉厚な緑の葉、くっきりと可憐な白い花。生きている。

私には皆目わからぬことだけれども、大昔からいろんな人々が口々に言うように、神がこの世にいるとするならば、このちっぽけだけどたくましい木を神と呼んでみようか。

ふと、そんなことを思いもしました。

立ち上がる。あらためて、生まれでたばかりの、熱を孕む大地をこわごわ踏みしめる。一三〇年前にイザベラが踏みしめたように、一〇〇〇年前も誰かが、一万年前もナニモノかが踏みしめたように。一億年前も、四六億年前も、誰にも何にも踏みしめられなくとも、そこにあったであろう生まれたばかりの大地を感じながら、いま、ここにある大地を踏みしめる。

はっとした。

神も人も存在しない、ただそこにはじまりだけがある、そんな場所に私は立ってみたかったんだ……。そのことに、そのとき、ようやく気がつきました。イザベラの語りに好奇心をかきたてられて、ただ思いっきりでキラウエアをめざしたのではない、私は私の内なる声に呼ばれてここに来たんだということを。

いや、でも、実のところ、イザベラは口にしてはいなかったけれど、彼女を燃える山へと駆り立てたものを、私はしかと受け取っていたのかもしれません。

彼女は、病弱ゆえに医師に転地療養の旅を勧められ、生きるために旅をするようになった、それがいつしか旅することが生きることそのものになってしまった人。しかもイザベラのキラウエアへの旅といったら、療養どころか、身を焼き体をいためつけるものでしかない、なのにイザベラは燃える山へと険路を這うように進んでゆく。

燃える山には、はじまりの、混沌の、言葉にも形にもならぬ、ほとばしるチカラがある。

そのチカラを全身に浴びたいという、言葉にならぬ、切実な欲求がある。

私は生きる、生き抜く、命がけで生きるチカラをつかみとりにいく。

それはイザベラの声、この世を旅する者たちの声、そして、私が気づくことのなかった私の内なる声。

しかし、近頃の東京は、なぜにこうも不意打ちの雨が多いのでしょう。ほら、ハワイ島キラウエアの記憶をたどっている間にも、雨が降りだした。庭の土を打つ音に、「いま」「ここ」に引き戻されながら、ああ、あの日、燃える山のふところに分け入っていった時も雨が降っていたな、私は黄色いビニールポンチョを着ていたな、そんなことを思いつつ、濡れた空気に夕闇が染みわたってゆく窓の外を眺める。オアフ島ホノルルで、「洗足池！」と叫んだあの人のハツラツかくしゃくとした顔を思い浮かべる。窓の外の坂をくだってゆけば、あっという間に洗足池に行きあたるのです。

そこは、かつて日蓮上人が足を洗ったという謂われのある池です。池のほとりには、勝海舟が西南戦争で果てた西郷隆盛の魂をまつった祠もあります。その傍らに勝海舟とその妻の墓所もある。

数か月前、ハワイを訪ねる二週間ほど前のことですが、私は二〇年近く暮らした熊本を離れ、東京の洗足池のほとりに居を移していました。

「うん、洗足池といえば、西郷隆盛に勝海舟だ！　戦後間もなくのころ、僕はあのあたりをよく歩いておったよ。僕の音楽の先生のレイモンド服部の家が洗足池だったからね。そうか、君は洗足池に住んでいるのか。そうか、君は韓国籍なのか。いやあ奇遇だ。熊本、コリア、洗足池。なんだか不思議な縁だな、これは。いや、驚いた。熊本、コリア、洗足池！」

そう、ハワイから戻ってきてこのかた、洗足池を眺めやるたびに、ハリー・ウラタ翁の柔らかくも張りのあるあの声を私は思い出すのです。

ウラタ翁には、キラウエアを訪ねた二日後、オアフ島ホノルルのハレクラニホテルで、明日には翁が九〇歳になるという日に会いました。ハレクラニ、ハワイの言葉で「天国の扉」という名のホテルです。初対面でした。

そもそも私がハワイを訪れたのは、日系移民の一世たちがサトウキビプランテーションの過酷な労働の中で歌いはじめたという「ホレホレ節」の調べを聴いてしまったから。「ホレホレ節」が私を翁に引き合わせた。「ホレホレ節」とは、こんな歌です。

ハワイ、ハワイと夢見てきたが　流す涙はキビの中
行こかメリケン　帰ろか日本　ここが思案のハワイ国
今日のホレホレ　辛くはないよ　きのう届いた里便り
横浜出るときゃ　涙でたが　今は子もある　孫もある

ホレホレとはハワイの言葉で、サトウキビの枯葉を茎から払い落とす作業を意味します。めらめら燃える太陽の下での厳しい労働です。

この「ホレホレ節」を後世に伝えるべく力を尽くした人がハリー・ウラタ翁。そのことは既に数年前には知っていたのですが、今夏、突然に思い立って人を介して連絡を取ってみたら、あっという間につながって、そのうえ歳をきけばウラタ翁はかなりの高齢で、今すぐ会いにいかなくちゃ、というわけで、それはもう、急流に押し流されるようにして決まったホノルル行きだったのです。ハワイ島キラウエア探訪はそのおまけのようなものでした。

さて、ここから先は、「天国の扉」でウラタ翁から聞いた話です。

翁はハワイの日系二世。とはいえ、家の事情で六歳でハワイの家族と離れ、母親の実家のある熊本で暮らすようになり、九歳で朝鮮の京城の母の親戚に預けられ、京城中学を卒業してハワイの家族のもとに戻ったときには一八歳になっていた。

子どもの頃から歌が好きで好きでたまらなかった。なかでも古賀政男の「誰か故郷を想わざる」には心が震えた。戦時中、アメリカで、敵性外国人とみなさた日系人が強制収容された時にも、ギターを持って収容所に入り、大好きな古賀メロディや「大利根月夜」のような日本の流行歌を弾いて歌っては一世たちを泣かせ、そして喜ばせた。

歌が好きで好きでたまらなくて、寝る間も女の子と遊ぶ時間も惜しんで独学で音楽の勉強をした。戦後には尊敬する古賀政男の教えを受けるべく日本に渡った。美空ひばりの「りんご追分」を作曲した米山正夫からも、マーチの作曲で名高いレイモンド服部からも教えを受けた。そしてハワイに戻り、みずからのオーケストラと日本の歌を教える音楽学院を作った。それから半世紀、教えた生徒の数は四〇〇〇人にもなった。

翁には大きな使命がある。収容所で知り合い、深く尊敬するある日系二世のジャーナリストから託された使命。それは、「ホレホレ節」をきちんと採譜して後世に伝えるという約束。特定の誰かが作ったわけでもなく、サトウキビプランテーションで生まれ、口伝えで広がった歌であるがゆえに、歌う人ごとにメロディが微妙に違う、その数々のメロディ、さまざまな歌詞をとことん集め、そのなかから、砂糖を精錬するようにメロディを煮詰め、歌詞を整理した。「ホレホレ節」をプランテーションでの労働を知らぬ次世代に伝えるために。一世たちの生きてきた道、歌に込めた想いを、「いま」「ここ」に自分があることの感謝とともに語りついでいくために。

「熊本、コリア、洗足池！」

韓国籍を持ち、長く熊本に暮らし、今は洗足池のほとりに住む私との出会いを翁は喜び、それぞれの土地を懐かしみました。なぜ、四〇代の私が、八九歳の翁が口ずさむ流行歌、作曲家、そして「ホレホレ節」のことを知っているのかを尋ねもしました。

ええ、はじまりは「美しき天然」だったんです。大正・昭和の大流行歌ですよね。そのメロディを口ずさむ人々を追いかけて中央アジア、ロシア極東、南ロシア、サハリンと旅をしたんです。そうやって十数年、人伝い歌伝いに私はこの世を旅してきたんです。移民流民難民の道、旅を生きる人々の道筋にこぼれ落ちている、文字には書かれぬ想いを込めて語りつがれ歌いつがれてきた人間たちの物語に、心惹かれて、耳を澄ませて、声のするほう、歌の流れるほうへと漂い歩いてきたんです。だからわかります、旅人たちが口ずさんでいたたいていの歌は。日本からハワイに渡った人々がサトウキビプランテーションで歌った歌だって、ちゃんと聴こえていました。そう私は答えました。

「熊本、コリア、洗足池！」

明日は僕の九〇歳の誕生日だ！　もうすぐ、スミソニアン博物館の人も「ホレホレ節」のことで僕を訪ねてくることになっているんだよ。そういうときにあなたみたいな人が「ホレホレ節」を聴いたといってやってきた。これはなにかの知らせだろう、うん、集大成だ、僕にとっての「ホレホレ節」の集大成のときがやってきたんだろう！

そのとき私の心の奥底には、翁には言わない、声にならない声が渦巻いていました。

私の旅のはじまりのホントのところはなんだったのだろう？

翁に話したこともホント、でも別のホントもある。それを私は知っている。

私だけのカミサマがずっと欲しかったんです。「いま」「ここ」にはいないカミサマ、「いま」「ここ」から果てなくワケもわからず溢れだす不安に落ち着きを失う私のなにもかもを救済してくれるカミサマを探して、重いカラダを引きずって、絶え間なくやってくる「いま」「ここ」から、絶え間なく駆け出してゆく、歌声のするほうへ、祈りの声がするほうへ、カミサマがいそうなほうへ。それが私の旅でもありました。

カラダなんか消えてしまえばいいのに……、「いま」「ここ」からあっという間に飛び立つココロの速さ、不安といっしょに果てしなく湧きだすヨクの深さに追いついてこれない足手まといのガラクタなカラダなんて消えちまえ。旅する私はひそかにずっとそう思っていました。

たとえば、旅の夜、たったひとりの旅の宿で、こんなことを夢見るのです。

故郷への帰還を願いつつ海を漂うギリシャの英雄オデュッセウスの船が流れ着く、蓮の実食いのロートパゴイ人の島に、いつか私もたどり着いたなら、「いま」「ここ」以外のすべてを忘れさせるあのロートパゴイの蓮の実をむさぼり食って、「いま」「ここ」にあることの快楽に酔い痴れてやろう。

旅人を惑わすあのセイレンにもし出会ったならば、あの歌声にすすんで身を投げだそう、なにもかも忘れて歌声に聞き惚れて、聴きつづけて、セイレンのかたわらでカラダを朽ち果てさせせやろう。

だって、いくら探してもカミサマはいない、もともとカミサマなんていないのだから。おのれを忘れること、誰からも忘れ去られることの誘惑にからめとられて身動きならない夜をようよう越えて、夜明けとともに歩き出す。それが私の旅でもありました。

また別の旅の夜、たったひとりの旅の宿で、私は闇の底からうわーんゆらーんとたちのぼってくるいくつもの声を聴いていました。

忘れないで、忘れるな、忘れてはならない、忘れられてなるものか……。

思わず闇に向かって私は声を返している。

忘れない、忘れさせない、私が聴いている、私が言葉にする、私が語る、あなたに約束する。

忘れたい私、忘れ去られたい私、忘れさせたくない私、聴く私、語る私、約束する私、旅する私、どれもがホントの私、私のホント。


「熊本、コリア、洗足池！」

ウラタ翁が愉快に呪文のように唱えます。

「約束したんだよ、あの人に」

ウラタ翁がまっすぐに私の目を見ます。

「忘れてはいけないんだよ、あの歌を」

ウラタ翁が静かに語ります。

「生きることは喜びなんだよ」

ウラタ翁の顔がほころびます。

「熊本、コリア、洗足池！」

あなたとここで出会ったのは、なにか深い縁があるのだろう。僕は歌が本当に好きだった、どこでも、どんなときでも、歌を手放さなかった。一心不乱に音楽を学んで、演奏して、教えて、毎日が本当に楽しかった、朝目覚めるのが嬉しくてたまらなかった。毎日が喜びだった。

熊本、コリア、洗足池……。

私も小さな声でそっと呟きます。

生きる喜び、生きるチカラ。翁に会うほんの二日前に踏みしめたキラウエアの熔岩台地を想い起こします。

ウラタ翁、あなたの言うとおりかもしれない、その言葉を受け取るために私はあなたに会いに来たのかもしれない、長かったひとつの旅がこれでようやく終わるのかもしれない、この出会いは贈り物なのかもしれない。たぶん、私はやっと見つけたのだろう、私のカミサマを。

ウラタ翁との別れ際、「天国の扉」に翁を迎えに来た奥さんが私に一枚のDVDをプレゼントしてくれました。「これは私がプロデュースしたDVD。お目にかかった記念にね。見世物じゃない、本物の、魂のこもったフラがここにはある」と言いながら。

日本の洗足池の我が家に帰りつくや、すぐに見ました。鳥肌が立ちました。キラウエアのハレマウマウが目の前に広がっていました。命のかたまりのようなカラダをした踊り手が、天に手を差し伸べ、熔岩台地を踏みしめて、祈り、踊っていました。

火の神ペレはハワイ島にいる　そしてマウケレで踊っている
パチパチと音を立てて　プナの大地を覆い尽くす
パリウリめがけて美しく　断崖に炎を上げて輝く

このカラダは大地のチカラを知っている、このカラダは大地のチカラを生きるチカラに変えてココロにまで染みわたらせていく智慧を知っている。智慧を知る者、それがカミサマ。そのとき私はそんな思いに打たれていました。

祈る者、踊る者、歌う者、語る者、旅する者、どこにあっても「いま」「ここ」を命がけで生きようとする者、それがカミサマ。

エホバでもペレでもない。生きるチカラを染みわたらせた生身のカラダを持つ者、それがカミサマ。

地をうがち、天に向かって伸びゆく緑、それがカミサマ。

この世は太古から繰り返し、未来永劫ずっと、生身のカミガミが創りたまう。
私よ、私の、カミサマであれ。

熊本、コリア、洗足池、キラウエア。ふたたび、はじまり。

取り返しのつかない話

それは僕しか知らないこと、だから僕にはそれを語ることができない。と目の前の年老いた男は私に言いました。あなたしか知らないことだからこそ、それをあなたは語り伝えねばならないのではないか、と言う私に、男は、そうか、と穏やかな口調で応じた。そして男は、男ではなくても知っていることを、時には笑みを浮かべて饒舌に語り続け、私は、ふと、そのうち男が舌を滑らせて男しか知らないことを語るのではないかと思い、一方、男は長い時間をかけて、男しか知らないことを取り巻く、誰もが知っていることを、事細かに、繰り返し、色を塗り重ねていくように語ったのでした。

結局、私が男から受け取ったのは、男しか知らないことがきれいに刳り貫かれた、まんなかが真っ白な闇のような、分厚い言葉の束。

しかし、男はこう言いました。僕は確かに君に話した。

言葉の束の真っ白な闇を覗きこんでいると、私はまた何か取り返しのつかないことを仕出かしてしまったようで、居ても立ってもいられなくなりました。

取り返しのつかないこと、たとえば――、

そのとき彼女はガマ（洞窟）の入口まで出てきたところでヘアピンを落としたことに気がついて、小さなヘアピン一本が無性にもったいなく思われて、すとんと地面に膝をついて四つん這いになって小石と泥と草をかきわけ、土の表面を手でまさぐりはじめたところだったのだそうです。

ひゅんと頭のすぐ上を風が通り過ぎていき、次の瞬間、いま出てきたばかりのガマの中がどーんと揺れて、ばらばらと石や鉄や肉のかけらが背後から降ってきた。はっとうしろを振り返る。ガマの中で日本兵たちも同級生たちも血まみれで倒れていた。腸が飛び出して千切れている人もいた。顔が吹き飛んでいる人もいた。彼女と仲良しの三人の同級生が亡くなっていました。

「あのときヘアピンのことを思わなかったら、艦砲射撃の砲弾はガマの入口に立つわたしの頭を吹き飛ばして、ガマのなかで炸裂して、わたしもみんなと一緒に死んでいた。なんで、わたし、あのときヘアピンのことなんかを後生大事に思ったのだろう。戦場なんかじゃ何の役にも立たないちっぽけなヘアピンに心を奪われたその隙に、みんなが死んだ、みんなが死ぬのを見ることになった、あなたとあたしたちの生死の分かれ目はたったヘアピン一本ね……、そんなこと誰も言いやしないだろうけど、わたしはこのヘアピン一本がうしろめたい、ヘアピン一本が惜しくて生き残ったのが情けない、でも生き残ってしまったから死ぬわけいかない、生きなきゃいけない。そのようなことを彼女はテレビ画面の中で話していたように私は聴きました。沖縄のひめゆり平和祈念資料館でのことです。

彼女は繰り返し、ビデオテープが再生機に差し込まれるたびに、ヘアピンで生かされた命の話をすることになっています。そうやって人前で話せるようになるまで、四〇年近い時間が必要だった。

取り返しがつかない、その思いの生まれいずるところがはっきりするまで。

それがわからないんです、毎朝目覚めるたびに、なんだかとんでもなく取り返しのつかないことを仕出かしたような、ものすごく大事なことを忘れ果てているような、そんな気持ちになって、私はしばらく布団にくるまって茫然としています。そのうち居ても立ってもいられなくなるんです。一日じゅう心がざわついて落ち着かない。こういう感じは、うーん、もう、物心ついたときからかなぁ。

と、軽い調子で冗談のように本当のことを、浅い眠り解消のための睡眠剤をもらう前の儀式の一環として、（睡眠剤さえもらえればよい）、家の近所の心療内科の医師に話したのは、つい先日、沖縄に出かける前のことです。医師もまた軽い調子でこう応えました。

じゃ、前頭葉、取っちまうか。

センセ、いまどきロボトミーですか？

あのね、僕が思うに、前頭葉はエデンの園なんだよ。人間の間違いはすべてエデンの園から始まるんだな。前頭葉を持たなかったネアンデルタール人はきっと取り返しのつかないことなんて何一つなかったと思うね。それじゃあ、まあ、眠剤、二週間分出しとくよ。

私は帰宅するとすぐに書棚から聖書を引っ張り出した。そして、創世記を読み直し、蛇にだまされた愚かな女と、女の言いなりだった馬鹿な男と、果てしなく繰り返されることになる人間による裏切りのその第一回目に遭遇した厳かで間抜けな神の、前頭葉で繰り広げられたそれぞれにとって取り返しのつかないやりとりを確認したのでした。

沖縄本島への旅は実に久しぶり、しかも、いつもなら「安里屋ゆんた」あたりを軽く口ずさむところが、今回は少し趣が違う。修学旅行生よりもずっと真面目な戦跡めぐりの旅なのです。そのせいか、ふっと思い出した歌の一節がずっと頭の中をぐるぐる回っていました。

我《わ》親《うや》喰《くわ》たる　あぬ戦《いくさ》　我《わ》島《しま》喰たる　あぬ艦砲
うんじゅん　わんにん　いゃーん　わんにん　艦砲ぬ喰ぇーぬくさー
(あなたも私も　おまえも私も　艦砲の喰い残し)

「カンポーぬ喰ぇーぬくさー」。かつて、戦後三〇年、本土復帰から三年後の一九七五年の沖縄で大流行した歌です。沖縄戦で米軍が最初に上陸した読谷《よみたん》で戦火を生き延びた人が作って、その人の四人の娘たちが歌いました。三線の響きに乗って妙にカラカラ明るく弾む歌、それを沖縄県民は大いに歌った。

鉄の暴風と呼ばれる沖縄戦では沖縄県民の四人に一人が亡くなっている、裏を返せば、四人に三人が生き延びて、そしてその三人が、うんじゅん　わんにん　いゃーん　わんにん　艦砲ぬ喰ぇーぬくさー、そうそう、私らは喰い残しだよ、喰い残し！　と歌ったというわけです。

沖縄戦の激戦地といえば、沖縄本島の南部。戦跡めぐりの旅も南へ進路を取る。

糸満市の米須という町に行きました。この町を貫く道幅の狭い国道沿いにも、よそと同じように屋根や門柱に魔除けのシーサーを乗せた家が立ち並んでいます。ただ、この町は、時折、家々の間になんだか櫛の歯が欠けたような感じで空き地がぽつんぽつんと現われる。それがどうも不自然な、そこにあるはずのものがないような、なんだかざわざわした空気感が漂う空き地。

というのも、これは案内していただいた方から教えていただいたことなのですが、その空き地というのは、沖縄戦で一家全滅して相続する者のない土地で、沖縄の人たちはそういう土地には手をつけようとしないから、戦後六〇年以上たった今も宙に浮いたままになっている、ということらしい。単なる空き地ではなく、宙吊りの土地。艦砲に喰われた人々の語られることのない記憶が確かにそこにある。見えない聴こえない触れない真っ白な闇を抱え込んだ町。

米須には石碑が並び立つ公園もあります。そこには、沖縄戦に兵士を送り出した都道府県がそれぞれに建立した立派な慰霊碑もある。その敷地内には、こんもりと盛り土された高さ三メートルほどの素朴な築山のような小山があって、そのてっぺんには古びた墓石のような素朴な石碑が立てられている。魂魄の塔、というのだそうです。

戦後、このあたりには人骨が無数に散乱していて、農作業もままならなかった。まず骨を拾い集めることから、戦後の暮らしははじまった。拾い集められた名前も性別も年令も国籍もわからぬ無縁仏の遺骨を納めるために魂魄の塔は作られました。納められた遺骨はおよそ四万柱。

艦砲で木っ端微塵にされた人々の骨の小山から歌がからから漂い出す。

「うんじゅん　わんにん　いゃーん　わんにん　艦砲ぬ喰ぇーぬくさー」

米須の町のすぐそばの、ひめゆり平和祈念資料館の展示室の壁は、戦場で亡くなった女学生たちの写真で埋め尽くされていました。ここもまた、米須の町の空き地と同じ、からっぽの真っ白な闇の部屋でもあるのです。

写真には名前と人柄と知りうるかぎりの最期の状況が簡潔に書き添えられている。ただそれだけ。深い沈黙。見えない領域に追いやられてしまった者たちには、その記憶を語り残す言葉はない。

あのヘアピンの元ひめゆり学徒とはまた別の、生き残って年老いた元ひめゆり学徒が、ビデオの映像のなかでこんな話をしていました。

最初、わたしは、壁一面の亡くなった学友たちの写真を直視できませんでした。写真に囲まれることがとてもつらかった。ところが、ここで語り部としてあの当時のことを語りはじめたら、不思議なことにみんなの写真がわたしに語りかけているように感じるようになったのです。

この語り部の声が胸にじわりと染みいりました。無数のざわめきが語り部に寄り添っているようなふわりとした空気が漂っていた。その空気に私も包まれていくような……。ざわめき。宙に浮いているとか真っ白とか木っ端微塵とか無名とか無縁とか沈黙とか、うっかりそんな表現で囲い込んで、ここと違う向こう側に追いやってしまいがちな、あの人たちの静かなざわめき。

あなたも私も　おまえも私も　艦砲の喰い残し。

「艦砲の喰い残し」に寄り添いつづける、「艦砲に喰われた者」たちの気配。

そうか、私も喰い残しのひとりなんだ、そんな思いがストンと落ちてきました。

ヘアピン一本程度の運の違いで一瞬の間にこの世界からきれいに消去された、そんなふうに「喰い残し」たちが申し訳なくも不憫に哀れに思っていたあの人たちが、真っ白な闇のなかからその気配を通して語りかけてくるのでした。

喰われても、私たちはここにいる、ここに在りつづけている。

さらにあの人たちはこうも語りかけてくる。

明瞭な声で語られて文字に刻まれる記憶というのは、実のところはかなり喰い荒らされたあとのもの、そういうことすら忘れてしまったなら、あなたがた、せっかく喰い残された意味もない。

しかし、身と心に染みついた長年のならいは、麻薬です。

東京の我が家に戻れば、沖縄で目覚めたような気がした「喰い残し」の意識も薄れがち、気がつけば、やはり寝ても覚めても何かと居ても立ってもいられない私は、心療内科の先生とのやりとり以来、時折ではありますが、眠れぬ夜の睡眠剤がわりに聖書をぱらぱら眺めるようになりました。

旧約聖書、創世記の冒頭に曰く、

初めに、神は天地を創造された。地は混沌であって、闇が深淵の面にあり、神の霊が水の面を動いていた。神は言われた。

「光あれ。」

こうして光があった。神は光を見て、良しとされた。神は光と闇を分け、光を昼と呼び、闇を夜と呼ばれた。夕べがあり、朝があった。

この天地創造の素朴な情景が、エデンの園という前頭葉を獲得した者たちの子孫が後に記した新約聖書の「ヨハネによる福音書」では面白いくらい立派に描きなおされているのを、あらためてつくづくと知りました。

初めに言《ことば》があった。言は神と共にあった。言は神であった。この言は、初めに神と共にあった。万物は言によって成った。成ったもので、言によらず成ったものは何一つなかった。言の内に命があった。命は人間を照らす光であった。光は暗闇の中で輝いている。暗闇は光を理解しなかった。

神という存在ただひとつを除いては、見事に言《ロゴス》で組み立てられた世界。神という偉大なる唯一の余白のほかには、語られえぬ余白などこの世界には存在しない、存在してはならないのだと、罪深い前頭葉は書き記す。創世記では、ただそこにあっただけの光と闇に、言《ロゴス》は意味を与えた。

「暗闇は光を理解しなかった」。こう記したとき、その言《ロゴス》によって、故意か過失か、前頭葉はもっとずっと大切なことをきれいに隠してしまって、そのうえ、隠したことすら忘れてしまった……。

光は暗闇を理解しなかった。言《ロゴス》は闇を語りえなかった。語りえないものは存在しない。語りうるもののみで言《ロゴス》は世界を描きなおした。言《ロゴス》の世界の奥底に闇を封じ込めて。言《ロゴス》の底で疼く闇……。

これが、たぶん、自分にとり憑いているどうしようもなく取り返しのつかないという感覚の源にあるものなのでしょう。そう、どうしようもなく疼くんです。

さて、一番最初に話したあの男、真ん中が真っ白な闇の分厚い言葉の束を私に渡した男のことです。

私は、男に、一九四八年四月三日を始まりとして済州島で繰り広げられた、韓国軍、警察、右翼団体による島民虐殺事件の話を聞きにいったのでした。そのとき、男が言葉にして明快に私に話したことは、かいつまんで言えば、何万人もの島民がアカと呼ばれて理不尽に殺され、投げ捨てられた骨もそのままに土地にローラーをかけて舗装して造られたのが済州島の空港であり、その虐殺の真相の究明はほんの数年前にようやく始まったばかりというようなことで、最後まで男が言葉にしなかったのは、虐殺の現場にいた男自身がその目で見たこと、その身で体験したこと、何十年経っても消えることのない男の心に刻まれた傷と痛みにまつわることでした。

そう、男はそれを言葉にしなかった。言葉にできないと言った。でも最後に、僕は確かに君に話した、と言い切った。

言《ロゴス》は闇を語りえない、そのことを遥かな時を越えて思い出したばかりの私は、真っ白な闇を確かに男から手渡されたということに気づいたそのとき、同時に、闇を語り闇とともにある言葉を自分が持たないことにも痛切に気づいていました。だから、とんでもなく取り返しのつかないことになったような心持にもなった。

このままずっと闇の言葉を持てないかもしれないという不安と重荷から逃げ出して、光の中に安住していたい自分も、今となってはもう逃げ出せなくなっている自分も、私はいやになるほど知っているのです。

私は行くよ

これは、はじまってはおわり、おわってははじまる、いまはどのあたりのハジマリでオワリでハジマリなのやら見当もつかない島伝いの話。

島からはぐるり海が見えるものだから、ついつい海を見やると、見えるはずのない島影を見てしまって、島影にあるはずもない楽園までも夢見てしまって、影をたどって、夢を伝って、人はみずから流れていくのだろうと、島伝いに歩いていく私はときおりふっと思ったりもするのです。

日本の南の波照間《パティロマ》島のさらに向こうには、夢の島パイパティロマ、韓国の南の済州《チェジュ》島《ド》のさらに向こうには、幻の島イオド。

影も、夢も、幻も、本当はからっぽなのにねぇ、ただのからっぽではないからなおさら厄介なのにねぇ。

島から島へ伝い歩いていくのに、いろいろなことはあまり必然の糸で結ばないほうがよかろうと、そう思いながらも、ほら、こんな歌が、韓国の南のほうから、

「行くよ行くよ　私は行くよ」

聞こえてくるなりいきなり耳を奪われて、

「共同墓地へ私は行くよ」

よりによって弔いの行列の歌だというのに、

「共同墓地に行く道は　どうしてこんなに寂しいのか」

糸に絡めとられていくような、

「花は咲いて散って　来年来春三月に」

「また咲いて　ひとの命は　ひとたび散れば」

石垣、波照間、竹富、与那国、イリオモテ、そのあたりをしきりにうろうろしていたときに耳にしたような、誰だか名前も分からない人と人とが歌い交わす声の響きにもよく似てもいたので、身に馴染みやすくもあるのでしょう、

「帰りくるのは　なんと難しいことか」

「また生まれくるのは　なんと難しいことか」

歌声にみずからすすんで絡まっていく、つまりは、もう行くほかはない。

済州島の名唱と呼ばれる人の歌声でした。

その人が、済州島で初めて出会った、その出会いがしらに、また、こんな話をしてくるのです。

あっはー、ついこないだね、日本の沖縄に歌いに行ってね、イリオモテというところに行ったならば、そこから知らずにうっかり六体のカミを済州島に連れ帰ってしまってねぇ、この島の巫堂《ムダン》にお願いしてカミガミを天にあげてもらったのよ、そうでもしなければ、ここにいるぞ、おまえのそばにいるぞとカミガミがざわめいて……、ぐったりと身にも心にも堪えるカミガミの聞こえぬ声、見えぬ姿……、私も具合が悪くなってたまらなくなってしまって……、巫堂が言うことには、このカミガミはずいぶんとおなかが空いていらしたようで、それにまたずいぶんと素直で好奇心が強い方々で、おや、このイリオモテに韓国人がやってきたよ、珍しいさぁ、済州島という島の者か、どれ、その島に見聞を広めに行こうねぇと、そういうことだったらしいのだけど、今回のことは私も心の準備がなくて、すっかり不意打ちのカミガミにしてやられてしまったね、けど、こうして私についてきてくれたのも、うれしい、ありがたい、だから今度はしっかりと腹をすえてイリオモテに行きなおして、カミガミと一緒に歌い遊ぼう、歌い祈ろうと。カミは歌が好き、歌はカミの恨《ハン》を解きほぐす、だから歌う者はゆめゆめ夜にひとりで歌ってはならない、ひとりでは担いきれないカミガミが寄り集まってきてしまうから、歌うときは覚悟して、祈るときは命を賭けて……。

そんな話を聞きながら、あら、歌につられて声するほうへすぐに寄ってくる私もカミなのかしら、私の姿も見えないのかしら、私の声は聞こえているのかしら、軽く戯れ口を叩くうちに、不意にくらっと世の中が揺らめく。

「行くよ行くよ　私は行くよ」

そう、私は、共同墓地に行く。

行くよ、行くよ、島を伝って、こうして、確かに、ぐらぐらしながら済州島へ。

三月でした。島のあちらこちらで赤い椿が咲いていました。

誰にも心は渡すな。

これは済州島にやってくる前に受けた戒めです。かつて、六〇年前に、済州島で、共同墓地のへりまで連れて行かれて、土中深く埋められる寸前にすり抜けて、生死の境を漂う闇の船に飛び乗って日本に渡ってきたという人が、済州島の「四・三」の記憶のほうへと向かおうとしている私に与えた戒め。日本にはたどり着いたのだけれど、あの記憶だけは共同墓地にもっていかれたままで、胸のうちがからっぽのような、なにか別の得体の知れぬものが詰まっているような、自分は今も生死の境にいるような、だから、おれも、おまえも、これ以上わけのわからぬからっぽにならぬために、せめて、心だけは誰にも渡すな。

それが、東京の街で行き会ったその人から私が受け取った戒めでした。

「四・三」事件。

さかのぼれば、一九四八年四月三日、午前二時。朝鮮半島の南側だけの国家建設を目論む米軍と李承晩に反対する済州島の青年たちが、漢拏山《ハルラサン》に登って武装蜂起の烽火をあげたのが、「四・三」のはじまりとされています。烽火から六年、山にこもったいわゆる「左」で「アカ」の武装隊と、海辺を拠り所にしたいわゆる「右」で「体制側」の軍・警察・民間反共団体とが、殺し合いを繰り広げた。海と山の中間地帯、右も左も入り乱れてやってくるあたりの村では、ただそこに暮らしているというだけで、「右」からも「左」からも、おまえたちは「敵」か「味方」かと問われ、怖れられ、憎まれた。ただそこに生きていることが罪になり、とりわけ「右」側の手にかかって老若男女見境なく殺された。その数、二万五〇〇〇人から三万人。こんな曖昧な言い方になってしまうのは、殺された人々は、その殺しの記憶ごと共同墓地に埋められたから。もともと共同墓地があったのではなく、彼らが埋められた場所が、ひそかな共同墓地。

ほら、済州国際空港もね、滑走路のすぐ脇の土の中がずっと知られざる共同墓地で、ついこ三年前、二〇〇七年にようやく骨が掘り起こされて、島の巫堂もやってきて、あらためて鎮魂の儀式があったばかり。骨は土まみれに茶色がかっても、歯は真っ白なんだよね、立派な白い歯をがちがち鳴らしてざわめくカミガミのために、巫堂は歌って踊って祈ったんだそう。

飛行機が降り立ったり飛び立ったりするたびに、人知れずぎしぎし軋んでいた骨、今もまだ島のどこかで、誰かが歩くたび、風が吹くたび、雨が降るたび、知られざる共同墓地からぎしぎしと、誰にも心は渡すな、渡せば殺られる、渡さなくとも殺られる、記憶はとられても、せめて心は渡すなと、ぎりぎりと。

とは言っても、私の心が、私のところだけにあるというのは、私にとっても、心にとっても、つらいことのように私は思うのです。

誰にも心は渡すな。

でもね、渡せぬ心を独り胸に隠しこんで、人はどうやって生きてゆく？　どうやって死んでゆく？

証言：済州市朝天邑《チョチョンウプ》北村里《プッチョンニ》　キム・ソクポ老人（一九三六年八月二七日生）

二〇一〇年三月二日、横なぐりの冷たい雨。海辺の村。足もとは、漢拏山から流れ出た玄武岩が黒く固まってできた大地。一九四九年一月一七日（陰暦）、この村を軍の部隊が襲い、約四五〇名の村人を殺した。その多くは女・子ども・老人だった。殺された子どもたちを埋めて目印に火山石で囲っただけの「子ども墓」のそばで風雨に打たれながら話を聞く。「こども墓」のすぐそばには、この村出身の作家玄基《ヒョンギ》栄《ヨン》の文学碑が立つ広場。かつての虐殺の現場。虐殺の記憶を生きた人々を描いた玄基栄の小説「順伊《スニ》おばさん」は一九七九年に出版され、その後すぐに発禁処分となっている。虐殺の記憶は国家によって封印されつづけた。韓国政府が済州島民に公式に謝罪したのは二〇〇三年。盧武鉉《ノムヒョン》大統領による。

修羅場だ、もうあの時はここは修羅場だった。僕らはね、お母さんが赤ん坊をおんぶして、小さな三人の子どもたちの手を引いて逃げまどっていたんだ。あんまり赤ん坊が激しく泣くから、前に抱きなおしたひょうしに、お母さんは手をつないでいた子どもらと離れてしまった。僕はお母さんと一緒に走って逃げた。怖い、生きたい、生きのびたい、死に物狂いのお母さんは軍の車に走りよって、私は警察官の家族です！　助けてください！　すがりついたんだよ。虐殺がはじまる前に、警察の家族は前に出ろ、という命令があったんだ。僕らは軍の車に乗せられた。軍部隊の駐屯地に連れて行かれた。そしたら、そこで今度は、警察官の直系家族だけが前に出ろ、と言うんだ、親戚ではダメだ、帰れ、と言うんだ。村に戻った。村は火の海だ。学校の校庭には靴が散乱していた。人間はいない、靴だけだ、それはもうたくさんの靴だけだ。もう夜だった。お母さんははぐれた子どもたち探して半狂乱で走り回っていた、僕はお母さんの代わりに赤ん坊を負ぶっている、赤ん坊はわんわん泣きつづける、この子は数えで二歳だった、今ではもう六四歳だ、僕の背中で泣いていたんだ。お母さんが子どもらを見つけたのは、次の日の朝だったよ。ほら、そこで死んでいたんだ、今は広場になっている、昔は畑だったその場所で。お母さんは手で土を掘り起こして、三人を埋めたよ。土が足りなくて、こんもりとした土盛りにはしてやれなかった、だから目印に石で囲った。石は火山石だ、このあたりにはゴロゴロある。墓標もない、石で囲っただけの「子ども墓」、粗末な墓だ。

あとからお母さんはこう言った。これでいい、わが家にはこれまでだって亡くなった先祖たちが沢山いる、海で死んだ者もいれば、幼くして死んだ者もいる、四・三で死んだこの子たちだけを特別扱いすれば、法事もいろいろ複雑になって子孫が困る。この島の人間というのは、死んだ魂を慰めようと一生懸命に法事をする人々だから。四・三で死んだこの子たちの心も、四・三という重荷から自由にしてあげよう、だからむしろ忘れてあげよう、この子たちのことを私たちがいつまでも悲しんで語りつづけることがないよう、跡形もなく埋めてしまおう。それでいい、このままの粗末な墓で、このまま歴史の中に消えてゆけ……。

だから僕もそのつもりだった。でも、それも嘘になってしまった。今頃になって村の犠牲者の慰霊碑を建てて、死んだ子らの名前も刻んで、集団慰霊祭をするようになってね。

だって、家族全員が殺された家の法事はどうする？　生き残った者がいる家では、子どもたちが結婚し、孫たちが産まれ、一族が増えて、時が経つにつれ法事も盛大になっていく。でも、全滅家族は？　記憶も何もかも跡形もなく埋められたはずのあの人たちも、なんだかざわざわしはじめたじゃないか。何をざわめいているのかはよく分からんさ。でも、あの人たちだって、誰かが慰めてあげないと、祈ってあげないと……。


今頃になって、跡形もなく埋められた者たちの記憶が、その記憶を語る言葉は今ここにいる誰にもかけらすらも残っていないというのに、疼いて騒ぐ。


おじいさんは、いつからそうやって記憶を語るようになったの？

うん、八〇年代の民主化のあとからだ。そろそろ話しても大丈夫かなと思って、おそるおそる話してみた。

それで、今まで、自分の記憶の何割くらい、話してきた？

六割だ。残り四割は、死ぬまで話さない。記憶というのは、死んだ者たちのことだけではないから、あの人たちの死に関わって今も生きている者たちのこともあるのだから、生きているのは自分だけではないのだから、生きるのも話すのもあちこちが痛むことだから、話さない、今は話さない、生きているから話せない。

死ねば、話せる？

さあ、どうかな。

そうか……、ここから先は私のひとりごと、どうやら、この島には、生きている者たちの、目には見えぬ記憶の共同墓地もあるらしい、人間の生と死にまつわる本当に大切なことは、どうやら語りえないところに潜んでいるらしい。

生きているから、語れない。生きているから、心は渡せない。

そう言いながら生きている者たちの記憶の共同墓地からも、ぎしぎしと骨身が軋む音、それが私の骨身にも響いてくるから、たまらないのです。ほら、語らない、渡さない、語れない、渡せないとぎしぎしと、だから、私の骨身も、行くよ、行くよ、私も行くよ、共同墓地へ私も行くよ、思わず軋む。

行って、どうする？

分かりません、私には分からない、もう二〇年余りもそう呟きつづけている、ひとりの詩人に島で出会いました。女性です、島に生まれ育って、私よりも四歳年上で、身内に「四・三」の犠牲者がいます、何しろ島民の九人にひとりは殺されているから、身内に犠牲者がいないほうが不思議なのだけれども、なのに、二〇歳を過ぎるまで大きな見えない手ですっかり目も耳もふさがれて、「四・三」の記憶のありかがどこかも知らなかった、記憶のありかに気がついても、記憶は軋むばかりで言葉を手渡してはくれなかった、分からないから死者の共同墓地にも生者の共同墓地にも通いつづけてきた、そう言う詩人に連れられて、島につくられた鎮魂の公園に置かれた真っ白な碑を見にいきました。

白碑。「四・三」の記憶に名を与えようとして、名づけようがないままに、いつか名前が見つかるまでは、ここに真っ白なままに横たえておこうと。

白碑の脇に置かれた、誰かが書いた名づけられぬ状況の説明らしき文章を読みました。

蜂起、抗争、暴動、事態、事件などとさまざまな名で呼ばれてきた「済州四・三」は、今に至っても正しい歴史的な名を持てずにいる。分断の時代を越え、南と北がひとつになる統一のその日、真の四・三の名を刻むことができるであろう。

なるほどなるほど、右か左か、北か南か、白か黒か、善か悪か、正か誤か、そんなところで揉めて割れて名前がつけられぬ、そういうことか、そんなことか、そんな話か？詩人とふたり、白碑を見つめました。分からないな、私にも分からない。詩人とふたり、白碑の前に立ちつくしていました。

そう簡単に分かるな、語るな、名づけるな。

そんな呟きが思わずこぼれでた。いや、そんなふうに骨身が軋んだ。

分からなくていい、白いままでいい、からっぽの空白のままでいい、そこにこそ人間が生きて死んでゆく秘密が潜んでいるのだから、むやみに分かっちゃいけないんだ。

ぎしぎしと軋む骨身が声をあげているような、軋んでいるのは私の骨身なのか、誰の骨身なのか、分かりません、私たちには分かりません。

分からないまま、共同墓地に通いつめて、何をしていた？

聞くまでもない、できることと言えば、ひとつしかない。

語りうる記憶を語って聞いて語り継いでいくことは、たぶん、そう難しくはない、渡せる心をやりとりして分かち合うのは、おそらくたやすいこと。

語りえぬ記憶を引き継いでいくこと。そっちなんでしょう、生きて死んで生きてゆくわれらにとって大切なことは。記憶に向き合い、記憶を語るのではなく、空白のありかへと向かい、空白に祈ることなのでしょう。心も記憶も体も声も言葉も、人というのは、実のところ、その多くは語りえぬ空白でできていて、その空白で結ばれていくのでしょう。

私は、誰にも渡せぬ私の心を、その空白に渡しましょう。空白に向き合う私の心に、どうしようもなく生まれくる切実な言葉とともに。それを私は祈りと呼びます。

鳥から島へ
歌うときは覚悟して　祈るときは命を賭けて
行くよ行くよ　私は行くよ

夢——縛めと赦しと

なぜなのでしょう。

父たちは、誰も、彼も、いつでも、私にはほとんど何も語らず、ただ暗示のような言葉ばかりを呟くばかりなのでした。

父たちは、チョウセンという島をあとにしてきた者たちでした。

最初の父は、みずからの人生を「火山旅」と呼び、その一言だけを宿命として娘の私に手渡した。

火山旅。易経六四卦の第五六卦。未知の土地への旅から旅の生。流浪。

暗示を心に刻み込んだ娘は、島から島へと漂う日々を送ることになりました。どの島にたどりついても、いつも、私の目は、遥か彼方、どれだけ船を走らせてもどうしてもたどりつけない水平線の向こう側の、あの幻の島、旅人たちの桃源郷イオドばかりをただ捜し求めていたのです。ええ、イオドです。チョウセンの南の沖に浮かぶ小島チェジュの人々が遥かな海に幻視しつづけてきた島、そこに向かって船出した者は、二度と還ってはこない、きっと彼らはたどりついたのだろうと残された者は信じたい、あのイオドです。

娘は、無意識ながらも父の暗示に応えるために、父の持ち物のなかに見つけた、ある詩人の、こんな詩の一節を思い出しては口ずさんでいました。

旅をしても
長くとどまるな。
用事をすましたらすぐ発て。
早く帰ってこい。
山も川も海も
みなおまえの敵だと思え

素朴な、人なつっこい村びとには特に警戒せよ。
もし霧が立ちこめた漁港で
朝の魚市に出くわしたら
一瞥するだけで通り抜けよ。

——小野十三郎「旅と滞在」より

父よ、大人になった私はもう気づいているのです。あなたが水平線めざして乗り出した海を、途中で引き返してきてしまったことを。そして、水平線の見えないところへと、厳しい山の深みへと、逃げるように迷うように、その身を追い込んでいったことを。

かつて、父があてもなくニッポンとチョウセンとの間の海に小船を浮かべたあの時、私はまだ目があいたばかりの赤ん坊でした。私が見たこの世の最初の光景は、見えない三八度線を越えて北へ北へとイオド目指して海を渡っていく大きな船と、それを頼りない小船に乗って見送る父。自分にはそこがイオドかどうか確信が持てないのだ、確信が持てない自分は情けない旅人なのだと、途方に暮れて呟く父でした。

大人になった私には、もうひとつ、うすうす気がついていることがありました。誰もが目指すイオドは、誰のイオドでもないらしいことを。みんなのイオドに背を向けることは、おそらく逃げることではないのだろうと。

でも、あなたがあなたのイオドを見つけかね、やむにやまれぬ逃亡に打ちのめされてきたように、私もまた私のイオドをずっと見つけかねてきたのです。あなたが分け入っていった山の深みを私の心にも宿してきたのです。

ただ、私は、情けない旅人だけにはなりたくなかった。みんなのイオドの引力を果敢に振り払う者でありたかった。私はその引力を遠心力に変えて、はるか世界の果てまでも、私のイオドを探しに行く。ほら、そこにおまえのイオドがある、と誰に言われようとも、私は信じない。私は何も信じない。旅のはじまりの時から、私はずっとそう思いつづけてきました。

しかし、不思議なものです。振り払おうとするその身振りが、私の居場所を教えているかのように、「みんなのイオド」が私のあとからついてくる。

たとえば、それは、山の深みの寂しさを心に宿す者にとっては、たまらない郷愁を誘う「故郷」という別名を名乗って、あとからひたひたついてくる。

だから、旅のはじめの頃、私は大いに力を込めて、声を大にして、「故郷」を棄てると叫んだ。そうして、まとわりつく「故郷」を振り払って、振り払って、「棄郷」という生き方をすると言い切った。唱えつづけた。

思えば、それもひとつの呪縛です。「みんなのイオド」の呪縛。

故郷を棄てて、島から島へ。

逃げる、逃げる、やっぱり逃げている。

どこへ？

大陸の真ん中に浮かぶ、棘のある草しか生えない渇いた島で、次の父が言いました。

「わたしの故郷は未来にある」

父の父も、その父の父も、故郷を棄てて、島から島へと移り住んできた、そして父もまた、故郷を棄てて、次の島に向かうと言うのでした。自由を求めて。幸せ探して。

「ここは信じられない場所だから、いまはとどまれない時間だから」

なるほど。

みずから発した問いへの答が欲しかった私は、すぐにも父の言葉を自分のものとして、もう何も言わぬ父をあとに歩き出した。

めざすは未来の故郷。

いや、しかし、これは、父の言葉に事寄せた自問自答だったのでしょう。未来はいつまでも未来だから、果てしなく、島から島へ……、行き着きません、行き着かないから、どうしても行き着きたくなる、行って、行って、でも行き着かない。答はいつもあらかじめ自分のうちにある、そのことに気づかぬ者は、問うほどに、動くほどに、自分のうちに閉じ込められていく。そんな自縄自縛も、おそらくはイオドの呪縛。

島から島へ経巡る私は、いつしか、赦してください、どうか赦してほしい、誰に向かって言っているのかもわからぬままに、赦しを求めていました。うしろにあろうと、前にあろうと、みんなのものであろうと、私ひとりのものであろうと、故郷は故郷、イオドはイオド。呪縛を振りほどこうとした私は、どうやら、どこかで何かを間違えたようなのでした。

立ち止まる、途方に暮れる、通り過ぎてきた風景をたどりなおす、性急な自問自答の検算をぐるぐると……、どうしようもなく出口なし。とことんそんな思いに捕らわれたその刹那に、はっと思い出す。出口なし。この気配に、私はどこかで触れている、記憶をまさぐる。

迂闊でした。確かに知っている。最初の父の持ち物のなかに見た幾多の詩のうちに、それはあった。

ほかの人たちは自由を愛すると言いますが、
私は服従がいいのです。
自由を知らぬわけではありませんが、
あなたにはただ服従したいのです。
服従したくて服従するのは
美しい自由よりも甘美なものです。
それは私の幸福です。
でも、あなたが私にほかの人に服従しろと言うのなら、
それだけには服従することができません。

ほかの人に服従しようとするなら、
あなたに服従することができないからです。

——韓龍雲「服従」

イオドは服従、イオドは支配、イオドは故郷、イオドは桃源郷、イオドは過去、イオドは未来、イオドは記憶、イオドは夢、イオドはあなた、イオドは私、イオドは囚われ……。

長い時を経て、旅はふりだしに辿り着く。山の深みの寂しさはそのままに。

「こともなく誰もがつながり　つながる誰もそこにはいない」
そんな言葉を静かに吐いたのは、ふりだしの地にいた次の次の父でした。
「つながるな」、そう父は言い、そのあとに残された深い沈黙の底から、「切れるな」、ひそかで厳しい無音の声で私を戒める。
この父は、石の島、風の島、火山の島のチェジュから闇にまぎれて船を出し、闇に迷ってニッポンに流れ着いた。この父も、夢のイオドを追いかけた人。そして、イオドとは果てしなく人間をのみこんでいく底なしの夢であることを知った人。イオドに奪われた言葉を取り戻そうとする人。

いまにいまにと思いつづけて
風のように言葉はいつも
音だけを残していきました

——金時鐘「蒼い空の芯で」より

私はこの父の沈黙の縁にしがみついて、身を乗り出して、何度も繰り返し不躾なほどにそのくらぐらとした底のほうを覗き込みました。

そこには、父がまだチェジュでイオドを夢見ていた頃の島の残像が、消すこともならずに、蠢いている。

かつて、チョウセンでイオドの夢を奪い合う人々が三八度線という新たな水平線をめぐって争いはじめた時代、チェジュでは四・三と名づけられた惨禍のなかで、父の父たちが、誰かのイオドの夢にわけも分からず数珠つなぎにされて、山すその村からも、逃げ込んだ山の深みからもずるずると引きずり出され、海へと送り出され、数珠つなぎのまま、どこにイオドがあるのかも分からぬまま、海に沈められたのでした。父の父たちはぶくぶくの水ぶくれの肉と骨になって、やはり数珠つなぎのまま島の浜辺に打ち寄せられてきたのでした。

あれから山には父の父たちはいない。

みなが一つの夢、一つの言葉、一つのイオドにつながれるとき、それは悪い夢なのだと父は無音の声で語りかける。沈黙の縁にしがみついたまま、じっと聞き入る私に、この父は、また一言、ぽつりとこう呟いた。

「おまえの芯のところは見事に空白だな」

ええ、わかっていますとも、私は空白です。父の父たちの気配も、父の記憶も、不在と沈黙によってしか知りえない私なのですから。

父たちの子どもたちは、誰もが父たちの空白から出てきたのですから。

そして、その空白ゆえに、父の父たちと同じように、父にもよく似て、いともたやすくイオドに忍び込まれ、誘い込まれ、数珠つなぎにずるずるとつながっていく危うさを宿した子なのですから……。
でも、私はつながりません、つながれたくはありません。
切れもしません、切れたくはないのです、
父たちのなかの空白とは。

実を言うなら、なんとも不思議なことですが、父に「空白」と呼ばわれたその瞬間、初めて私は父とのつながりを感じたのでした。
あまりにも馴れすぎて、私自身も忘れかけていた、私という空白。それこそが、私が見つけかね、囚われていたイオドの真の名であることを、呼ばわる父の声にようやく悟った。真の名を呼ばわる声に、私は長い夢からようやく目覚めたような心持になりました。

ほら、私は、いま、ここに、いる。どこにいても、どこに行こうと、空白のあなたと空白の私が生きている「いま」「ここ」がある。それだけは信じてみようか。信じるところから、はじめてみようか。
イオドの呪縛は解けるかもしれない、私は赦されたのかもしれない。

いま、私は、イオドに翻弄されつづけてきた島チェジュへとやってきて、ただ空白に向き合うために、父たちのいない風景のなかに立っている。それは、つまり、私が何とつながり、何と切れているのかを、いまいちど確かめようとしてのこと。イオドから空白を取り戻したそのときから、私は本当に孤独になりました。そうして、ようやく、切れて、つながることができるような気がしてきたのです。それを確かめたくて、私は、いま、ここに、ひとり立っています。

ひとり立つ娘は、最後までずっと沈黙を守っていた次の次のその次の父から、ただ一言、こんな言葉を受け取りました。

「おまえの孤独を誰にも渡すな。行け。生きよ」

真っ白な愛

あの男のことをずっと考えています。考えるほどに心がざわざわと落ち着かない。男のことを考えているようで、どうやら私は愛について思いをめぐらせているようなのです。

厄介なことに、「愛」と思ったその瞬間に、既に私は躓いている。

たぶん、私は、愛を感じ取る前に愛を貪り食ってしまった父たちの娘だからなのでしょう、愛されているのやら愛しているのやら、憎んでいるのやら憎まれているのやら、皆目わからぬ混沌を住処としてきたからなのでしょう。それもこれも自分なりにわかっているつもりではありますが、それでも実に他愛なく無防備に愛には躓く。

たとえば、注がれた愛は信じる力となり、信じる力は生きる力となり、生きる力は世界を生まれ変わらせる力になると、これは旅の途上、ある島で、智慧深き人に教えられたことです。そのとき、私は、ひどく感心しました。途方に暮れるほどに感動した。なのに、その瞬間にはもう躓いている。どんなに自分のうちをまさぐってみても、愛された記憶が見つからないのです。ねえ、私はどうしたらいい？　そんな呟きが、自分の内にも、自分の外の世界にも溢れかえっているようで、ねえ、どうしたらいい？　私はどうしたらいい？　あなたはどうしたらいい？　人間はどうしたらいい？

愛に躓いた記憶ならば、太古の時から永遠の未来まで、繰り返し生まれて生きて死んでまた生まれるその間に、数え切れません。自分がどれだけ生まれ変わり死に変わったものなのか、細密な写実画のような明らかな記憶は持たないけれども、実感として体に刻まれている、確かな何かはある、実感としてね、（ひそかな声で、ここだけの話、これもまったく言葉にならぬ記憶なのだけれども、私、確かに、誰かを殺したことがあるんです、あの瞬間の、引き返せない、取り返しのつかない、あの忌々しくて生々しいざわめきが私の背筋に今も残っている、実感としてね）、愛の躓きの石なら、果てしない時の流れのなかの、ほら、ここにもあそこにも。この胸の中にだって石はある。

「心の内のその重く黒い石を取って捨ててやろうか」

軽々しくも、どこかの島ですれ違った自称「神の使い」が、こんな言葉をかけてきたこともあります。それはいけない、無闇に石を取ってはいけない、私にもそれだけはわかっています。石には石の声がある。繰り返し記憶喪失に陥る私が失くした声を、石は持っているのかもしれないのだから。

石にも声、いつかそんな呟きを送ってよこしたのは、アイルランド島の詩人イェイツです。詩人は見えないもの聞こえないもの儚いものたちと共にある者だから、道ばたで歌われては消えゆく歌に太古からの連綿たる人間どもの生命の糸、生命の声を見出す者だから、おのれの儚さや世界の寄る辺なさに心が揺らぐ時には、詩人の言葉で紡がれた生命の糸に、思わず手が伸びていく。

「絡まった記憶の糸車から、生命の糸を引き出すべし」

ええ、そうなのでしょう、たぶん詩人の言うとおり、真に大切なことは、明らかで滑らかな記憶の外にあるもの、目にも耳にも明らかな記憶ほど、記憶のうちに人間を取り込んでは、その命を飲みくだしてしまうものなのでしょう。

だから、

来なさい、逃れて来なさい、
この世の夢でいっぱいの心を、空にしなさい、
風は目覚め、木の葉はあたりをめぐっている。

――イエイツ『ケルトの薄明』井村君江訳より

いつか読んだ詩人の言葉のひとかけら、見えぬもの聞こえぬものたちの声に心をあずけてみるのです。
来なさい、逃れて来なさい、この声、懐かしいでしょう、聞いた覚えがあるでしょう、いつか確かに聞いて、いつのまにか忘れてしまった声、来なさい、逃れて来なさい、この世の夢でいっぱいの心を、空にしなさい、聞こえてきても咄嗟に慌てて耳を塞いでしまった声、来なさい、逃れて来なさい、明らかな記憶でいっぱいの心を、空にしなさい……。

さて、ようよう心を空っぽに落ち着かせて、あの男の話です。
思うに、きっと、あの男も声を聞いてしまった者なのです。聞いて、とりつかれた、

あるいは、みずからとりついていったようでもある。
ともかくも、巨石の群れのなかで出会ったあの男のことを語るには、まずは〈ソルムンデハルマン〉の話からはじめなくてはいけません。

ソルムンデハルマン、大いなる母。

遠い遠い昔、ソルムンデハルマンは茫洋たる大海の、なんにもない真ん中に、島をつくろうと思い立った。衣の裾をまくって袋がわりにして土を運んで、できあがったのが済州島《チェジュド》で、島の真ん中には頂きが銀河にも届きそうな漢拏山《ハルラサン》。でも、ハルマンはその漢拏山よりもはるかに大きい、漢拏山などハルマンの膝にも届きません。ハルマンが漢拏山に腰を降ろせば、両足はどうしたって海に突き出てしまう。
またこれは、島ができたばかりで、平たくて何もなかった頃のことですが、ハルマンがこらえきれずにとてつもなく強烈なおならをどどーんと一発、天が震え、地からは火が噴き出し、その火をハルマンが土を盛って消した、その土盛りの山が漢拏山だともいわれています、火を消す時にぼろぼろこぼれおちた土くれが、島のあちこちにぼこぼこと、三六〇の小山《オルム》になったともいいます。いやいや、おならと一緒に実も噴き出して、それが実り豊かな小山になったのだよという密かな声も……。

あるとき、人間どもがこんなことをハルマンに願いました。この島をあの遥かな陸地とつなげて地続きにしてください。ならば、下着を作っておくれ、そうしたら願いは叶えしあげよう、とハルマン。人間どもと大いなる母ソルムンデハルマンの約束。

ハルマンの下着を作るには綿布一〇〇反が必要でした。人間どもは綿布を集めて集めて必死でかき集めて、やっとのことで九九反。それが精一杯でした。たった一反、どうしても人間の力の及ばぬ最後の領域。でもハルマンは裏切らなかった。下着は完成しなくとも、約束は約束、島と陸地は地続きにはならないものの、九九反分だけ、ハルマンは島と陸地の間に小島を点々とつくったのでした。

一反の綿布。人間の手の届かない空白。連綿と繰り返されてきた人間どもの生と死の間のどこかで、すっかり忘れ去られた、真っ白な空白。

さあ、空白を思い出せ、呼び戻せと囁く声が……、ほら、じっと耳を澄ませば、空白にこの世の夢を詰め込むな、空白をこの世の記憶で塗りつぶすなと、この声はハルマンの声……。

ハルマンの白い乳は白い血です。

ハルマンには白い血赤い血肉を分け与え、産み育てた五〇〇人の息子がいた。あるとき飢饉で食べ物も尽きた日に、ハルマンは食べ物を探しておいでと息子たちを山にやる。ぐらぐらと粥の大釜を煮立てて、息子たちの帰りを待つ。ひそかに大釜に身を投じて、とろとろに粥のなかに溶けだして。

山から帰ってきた息子たちは、いつにもまして美味い粥を大喜びで貪り食ったのです。五〇〇人の息子が喰らい尽くした釜の底には、母の大きな白い骨、真っ白な愛。

知らず知らず母を喰らい尽くしてしまった息子たちは、その取り返しのつかなさに身悶えた。母の名を呼んで叫んで駆け出して、やがて立ち尽くして、そのまま石となりました。

生きるためには母を喰らい尽くすほかない哀しみ、子を生かすためにわが身を喰らい尽くさせる大いなる母の無私で無上の真っ白な愛。

人は知らず知らず愛を喰らって生きてきた、人間はその連綿たる生命の流れのはじまりにおいて大いなる母の愛と恵みを貪った、その哀しみの記憶を石に変えて、そして忘れた。

石になった哀しみ、真っ白な愛の証が立つ場所は、漢拏山・霊室《ヨンシル》。五百将軍と呼ばれる巨石奇岩が群れなす聖地です。

そして、あの男。あの男は確かにハルマンの声を聞いたのです。最初はそれが何者の声なのかもわからぬままに、その声を聞いていた。

今から四〇年ほども前のことでした。

男はまだ二〇歳そこそこの青年で、島の者たちが陸地と呼ぶ半島の、険しい山中で、兵役についていた。軍務の合間に山に潜む枯木の根の美しさに魅せられたことがそもそものはじまりで、島に戻って両親に枯木の根の美を夢中になって語って聞かせれば、母親がふと思い立って、木の根と火山石を収集している隣人を男に引き合わせた、それが男の運命を決めたのでした。男は隣家で石を見た瞬間に心を奪われてしまった。自分を呼ぶ声を聞いたのです。

それから男は毎日のように山に分け入り、石を探し求め、ひたすら集めた。やつは気が狂った、山の神にとりつかれた、男を知る誰もがそう噂しました。それでも男は山に分け入り、石を運ぶ。男を信じて、身を尽くして助けたのは母親だけ。男はすべての時間と金と力と情熱を石に注ぎ込み、ついには病んで倒れます。

そして、母親は、もう人間の力ではどうにもならぬと、島の神に助けを乞うため、男を聖地・霊室に連れて行ったのです。

二人は一週間、霊室で祈りつづけたといいます。五百将軍に取り囲まれ、その慟哭に包み込まれ、五百将軍の血肉となった大いなる母ソルムンデハルマンの真っ白な愛を骨身にじりじり染みこませて。

愛されていた、
こんなにも愛されていた、
こんなにも母に愛されていた、
大いなる母は人間どもをこんなにも愛していた。

これは霊室にこだました男の叫び、石たちの声、石の群が立ち尽くす真っ白な聖地の声、大いなる母ソルムンデハルマンの声。

男と石の声が確かに響きあった時、そこに、失われていた真っ白な愛の記憶が呼び起こされたといいます。真っ白な愛を宿していたあの世界が男の前に蜃気楼のように姿をあらわしたのだともいいます。

声を聞く、記憶を呼び起こす、声をあげる、呼び交わす、それは世界を創りなおすことなのだと、どうやら男は気づいてしまったらしい。大いなる母ソルムンデハルマンの真っ白な愛の力で、愛された記憶を持たないと思い込んでいるこの世界を創りなおしてやろうと、男は決意したらしいのです。

つまり、男は本気で狂った。

男はひたすら石を集めつづけた、愛の記憶を死に物狂いで呼び戻した、石たちと声を行き交わせながら真っ白な愛の世界を語りつづけた。もちろん、今も語りつづけています。死ぬまでも、死んでもなお、語りつづけることでしょう。男は、語ることこそが生きること、この世界に命を吹き込むことだと、心から信じているのですから。

私は男が集めた石たちに囲まれて、男の話を聞きました。男が愛と言うたびに、私は身がすくみました。愛はあまりに深く私の血肉となってしまっているから、感じ取ることも思い出すこともできなかったり、すぐに思い出されるのは愛されなかった記憶ばかりだったり、愛されぬ痛みや憎しみがじわじわと身を蝕んでいたり、私のうちの九九反の木綿の世界で繰り広げられてきた陳腐な愛の風景にとらわれては躓いたり、それでも男の話に耳を傾ける、男をぐるり取り巻く石たちに耳を当てる、手をのばしていく、真っ白な愛の領域へ。

男の語る世界を信じようと思います。
狂ってもかまわないと思っています。
私もまた本気で生きたいのです。

生きる

横浜からあるいて　来ました。
疲れきつたからだです――。
そんなに　おどろかさないでください。
朝鮮人になつちまひたい　気がします。

と、異形の民俗学者折口信夫が呟いたのは一九二三年の九月三日、関東大震災直後のこと、折口は沖縄・台湾踏査を終えて泥と潮にまみれたように日焼けしてぼろぼろで、まるで島流しの俊寛僧都のような風体で、門司、神戸、横浜と船で港伝いに、横浜からは歩きとおして帝都は谷中の自宅へと戻ってきたというのですが、きっとその途中途中で、勇敢なる自警団が異形のぼろぼろの男に「おい、一五円五〇銭と言ってみろ」、折口はどもるどもる、眉間に張りついたくらぐらとした痣を震わせながら、うまく言えなければ、(うっかりチュウゴエンコジュッセンなんて言ってしまったら)、朝鮮人に間違えられる、間違えられたら殺される殺される殺される……、南方の異形の神々を歓待する島々を訪ねてきたばかりだというのに、異人《まれびと》を歓待する民たるニッポン人の原風景を南の島に探り当ててきたばかりというのに、(後々沖縄の小学校では、君たちも殺されたくなかったら正しい日本語を身につけましょう、と先生が真顔で子どもらに指導した)、異形の折口は取り囲まれ問い詰められ、ついには、朝鮮人になっちまひたい気がします……。

僕は善良なる市民である。

と、一九二三年の震災直後、斜にかまえて言い切ったのは、芥川龍之介でした。勇敢なる自警団の一員たることを自負する芥川は菊池寛に「何でも不逞鮮人はボルシエヴィツキの手先ださうだ」と云って、「嘘さ、君、そんなことは」と菊池に叱りつけられた、芥川の所見によれば、善良なる市民と云ふものはボルシエビッキと不逞鮮人との陰謀の存在を信ずるものであり、（当然に万世一系の神々のことも信じているはず）、もし万一信じられぬ場合は、少なくとも信じてゐるらしい顔つきを装わねばならず、それをしない野蛮な菊池は善良なる市民の資格を完全に放棄したと見るべきなのだと。尤も善良なる市民になることは、――兎に角苦心を要するものなのである、とさらに付け加える芥川、自称善良なる市民であり勇敢なる自警団員である芥川は、たとえば、真っ赤に燃え上がっている交番に白いチマチョゴリの朝鮮の老婆が生きながらまるで薪でも放り込むように投げ込まれたのを見たならば、（ええ、これは朝鮮から渡ってきた私の祖母が日本生まれの孫の私に、お伽噺がわりに繰り返し語って聞かせたとっておきの昔話なんですけどね）、そう、だから、白いチマチョゴリが炎に投げ込まれるのを見たならば、芥川はどんな顔つきをしたでしょうね、信じている者の揺るぎない顔つきをして揺るぎない言葉を吐いたり書いたりするのに、やはりかなりの苦心を要するのでしょうか。常日頃、信ずることとの困難に心が揺らいでばかりの野蛮な私は……、朝鮮人になっちまひたい気がします。

そんなことがばらばらとほんの一瞬のうちに脳裏を走ったのは、二〇一一年三月一一日一四時四六分、友人YHとふたり、そぞろ歩いていた東京下町、荒川区の三河島の路上でのことでした。

そこは、戦前、戦後と、朝鮮の済州島から日本の東京の三河島へと渡ってきた者たちが生きたり死んだり逃げたり潜んだりした町。いっときに比べれば随分とささやかになった朝鮮市場や、(この日ここで私は更年期にいいらしいと聞いたとうもろこし茶と棗の実を買い、YHは豚の内臓を買った)、今もそこかしこにある朝鮮料理屋や、(そのうちの一軒で二人は石焼ビビンバを食べた)、商店街のハングルの張り紙や、(貸間あり、月四万円)、貧しき朝鮮人たちが多く住んだという外から見たら二階建て、中に入れば三階建ての、歩けば軋む廊下沿いに天井の低い部屋がずらりと並ぶアパートや、(そこにはかつてYHのおばさんが暮らしていたのであり、その急で狭い階段を上り下りしながら、こんな建物、首都直下型地震が来たら一発でやられるねぇと私は暢気に言った)、すれ違う人々の口からこぼれ出る朝鮮の言葉や、(丁々発止、けっこうリアルで生臭い商売の話だったりする)、そんなこんなの匂いや音をたどって路地の奥まで、朝鮮人の町三河島の、とりわけ済州島がらみの記憶の襞をまさぐるように入り込んで歩いていた

ちょうどその時、
　あら、揺れてるね、
　連れの三河島生まれのＹＨがいきなり足を止めて、なぜか空を見上げて言ったのでした。ああ、ほんとだ、揺れてる、揺れてる、知らぬ間に大きく波打つ海の上をぐらんぐらんと右に左に上に下に天も地もなく揺さぶられている小船に私たちは乗せられてしまったようで、瞬く間に途方に暮れて、船を降りるすべも分からぬまま、揺れる波の裂け目から湧き出してくるナニモノかを見つめている。そう、湧き出してきたんです、異形の折口も、善良なる芥川も、燃え上がる白いチマチョゴリの朝鮮の老婆も、燃え上がる白いチマチョゴリの昔話を繰り返し語る私の祖母も、善良なる市民も、勇敢なる自警団も、自警団に殺された朝鮮人も……、ほら、六〇〇〇人もの数珠繋ぎの白骨の朝鮮人がわらわらと、ゆらゆらと。
　困ったね、ＹＨ。
　そう私が言えば、ＹＨもまた、うん、困ったね、ＳＪ、と私の名を呼ぶ。よりによって、この場所でこんな地震に遭遇するとはね、そうだね、ここはそういう場所なんだよね、と三河島で立ち尽くす朝鮮人でもナニモノでもない二人が、ひそかに、曖昧な声で……、朝鮮人になっちまひたい　気がします。

（ねえ、ＹＨ、あなたは知ってる？　考古学者の言うところでは、人間の亡骸がそのまま土に埋められて、やがて肉が溶けて、骨になって、そうして最後の最後まできれいに残るのは歯なんだって。生きてるときの歯は弱いものだけど、死んだらやけに強いらしいよ。私、見たんだよね、死んでも真っ白で頑丈な歯を、済州島の空港の滑走路脇の発掘現場の泥にまみれたしゃれこうべの歯をね。ほら、あの済州四・三事件の犠牲者のしゃれこうべ、その歯の立派なこと。あのしゃれこうべは一九五〇年の夏、朝鮮戦争のさなかに殺されて、二〇〇七年まで島の空港の滑走路脇の土の下で、飛行機が離発着するたびに白い歯をカタカタと鳴らしていたんだそう、カタカタと音を立てて誰にも語れぬ記憶を噛み砕いていたんだそう、しゃれこうべの内側には底なしの空白が果てもなく広がっていったんだそう。ねえ、ＹＨ、もしかして、いつか荒川土手で掘り出されたという関東大震災の虐殺の犠牲者のしゃれこうべの歯も、道行く者に踏まれながらカタカタ記憶を噛み砕いていたんだろうか。いま、ここ、三河島の土の下にも、ひょっとしたらカタカタと、この世のそこかしこで、カタカタカタと……）

戦前に朝鮮半島から三河島にやってきた祖父母を持つ私ＳＪは、やはり戦前に済州島から三河島にやってきた祖父母を持つＹＨと連れ立って、この日、三河島に、身に覚えのない記憶を探りにやってきたのでした。

あの燃え上がる白いチマチョゴリの昔話のような、さまざまな祖父母たちの記憶を、（それはあまりに繰り返し語られ、磨き上げられ、世間知らずの子どもにもよく分かる、世間知らずほどよく分かったような気になる、するりと心に飛び込んでくる「物語」として化している感がなきにしもあらずなのですが）、つまりはそういう記憶の「物語」を、祖父母たちからいやんなるほど聞いた、骨の髄まで染みこまされたという覚えなら私にはある、ＹＨにもある、（ざっくり言えば、私たちはいわゆる在日三世なんですけどね、と言いつつも、「いわゆる」と言わざるをえないところが、ナニモノでもない私たちの曖昧微妙なところでもあり……）、そんな私たちには、父母たちの、とりわけ父たちの記憶を聞いた覚えがない。

戦後すぐ、東と西が対立し、南と北が分断され、韓国でも北朝鮮でもない「朝鮮」を夢見た青年たちやその地縁血縁の者や縁もゆかりもない者までもが済州島でひそかに大いに殺されていた頃、日本では政治やら思想やら信念やら主義やらがあまりに過剰に、乱暴に、いたずらに叫ばれ問われ闘われていたその頃に青年だった私たちの父たちの多くは、東でも西でも南でも北でもどこでもない場所に宙吊りにされたり、どこでもない場所に身を隠したり、どこでもない場所で闘ったり、時にはどこでもない場所で命を落としたりして、そんなどこでもない場所で生きたり死んだりしてきた父たちはいつまでも口ごもるばかりで何も語ろうとはせず、(実のところ語ろうにも語りようがなく)、そんな父たちの娘である私たちは、父たちの記憶が潜むどこでもない場所のことを、祖父母たちの記憶の物語のようにすらすらと語る言葉を持ちたくて、(気がつけば、父たちは「記憶の空白」として、大人になった私たちの前に厳として存在していた)、つまりはそこのところにぽっかりと空白があって、何かがそこで切れてしまっていて、私たちはどうしようもなくナニモノでもなくなっていくようで……、ああ、もしや、父たちもまた、祖父母たちの記憶を受け取り損ねているのではないかしら、本当は、誰も彼も、いつも、どこでも、キレギレにこの世に生まれ落ちて、ちりぢりにこの世を歩いていくのではないかしら。そんなことを、ナニモノでもない私たちは、いま、ひりひりと感じているようでもある。

（ねえ、ＳＪ、とＹＨがあらためて話しかけます。やはり私たち――一人称複数という不思議な呼称――は、誰かから記憶の「贈り物」をもらうことなどできないのではないでしょうか、私たちにできることは、誰かの記憶を「選択」し、それを理解しようと「想像する」ことまででしょうか、私にもわからないことだらけです、自分が生きてきた「過去」すら、誰かよその人のもののように思います、「過去の私」もまた「他者」に過ぎません。

うん、ＹＨ、と私は独り言のような小さな声で応える、私たちは自分自身とも切れているのだろうか？　私たち自身もまた「空白」なのだろうか？）

三月一一日午後八時、三河島から飯田橋まで、おそろしく整然とした人の流れのなかを、難民のように寒さに震えながら、何かを押し殺して、ＹＨとふたり、表情もなく歩いてきました。ひどく疲れました。飯田橋で会うはずの人がいました。わが父のような年頃の老詩人。約束は三月一一日午後六時。

その人は、一九四九年済州島の明け方の砂浜で、数珠繋ぎのまま海に沈められて殺されて浜に打ち上げられた水ぶくれの死者たちと死者たちの魂を鎮めようと歌い踊る巫《かんなぎ》たち（済州島では巫を神房《しんばん》と呼ぶ）を見た、とかつて語っていました。それは幻のような現実だったと詩人は言いました。三月一一日、道ゆく私は、現実のような幻を、水際で歌い踊る神房の白いチマチョゴリを、辻々で見かけていました。

島には島の魂鎮めがある、（それは済州島だけでなく、この世のどんな島にもあったはずのもの）、神房たちが銅鑼、太鼓をジャンガジャンガと打ち鳴らし、歌う、舞う、踊る、此岸と彼岸の汀を身悶え心悶えする祈りで震わせる、死者の来歴、死者の悲しみ、死者の道行き、他の誰のものでもないひとりの死者のための物語が語られる、（この世の島々の魂鎮めは、死者一万人というような数的抽象には置き換えられない、無名の死というような観念にはのみこまれない、ひとりひとりの生身の死者の魂を呼ばわって行なわれる）、呼ばわれ祈られ語られた名前は息づく、生き生きと煌々と燃えあがる。

約束の日、詩人にはついに会えませんでした。約束の日の五日後、詩人がこんな呟きを葉書にのせて送ってきました。

ノアの洪水を目のあたりにしたような三月一一日……。

（老詩人よ、ＹＨよ、あの日から、私たちはまだ陸地を目にしていないようです。島々の巫たちの汀の祈りはもうどこかで始まっているはずなのに、陸地を探しておいでと天に放った言葉たちは、もうきっと結ばれ合う声に出会っているはずなのに、よくよく想い起こせば、私たちはあの日初めて洪水を目のあたりにしたわけでもなく、繰り返し洪水に見舞われ流され、繰り返し生まれかわり死にかわってきたはずなのに、いったい、どうしたことなのでしょう、なにもかもがまったく身に覚えがない）

途方に暮れて、気を取り直して、四方を眺めやれば、ほら、一九四八年から長きにわたり、四・三という名の洪水にのまれつづけてきた済州島でも、ようやく、ぽつり、ぽつりと、新しい大地が顔を出している、さあ、耳を澄まして……。

（いいや、だめだ、語らないよ、僕には語れないよ、いったいあなたがたは何を語れと？　語れることは語ってやるが、本当に語るべきことは語りようがない。僕が言葉にできることは、瓦礫のようなことばかりだ。この瓦礫の底には、じんじんと肉も骨も心も砕く痛み苦しみ、これをどうやって言葉にするの？

ああ、生まれは日本の大阪の鶴橋だ、そうよ、戦前に両親が済州島から君が代丸に乗って渡ってきたのよ、僕には兄貴がひとり、兄貴は大阪のガラス工場で働いていた、身を粉にして働いて月のお給料が一円だった、その一円が僕ら一家の暮らしの支えだった、兄貴は朝から晩まで牛のように馬のように働いていたから、あの頃、幼かった僕は兄貴の顔を見た覚えがない、そのうち戦争が始まって、大阪も空襲でやられるようになって、僕は兄貴に連れられて、一足先に済州島に疎開していたお母さんのところへね、その時兄貴が一六歳、僕は一一歳。島に帰れば帰ったで、僕はほんの一二歳で本土決戦に備える日本軍の陣地作りに駆り出されて、奴隷のように働かされて、土を運んで石を運んで、まだ体も小さくて力もないから倒れるでしょう、そうしたら細い棒で背中を叩かれて血が噴き出して、これが植民地なんだなと僕は体で覚えた、植民地からの解放は、もう叩かれない、家に帰ってもいい、ということだった……。

こんな話、聞いてもなんの役にも立たないよ、誰もが話していることでしょう？　まだ話すの？　もっと聞きたいの？

あのね、兄貴は一六歳で、もうすっかり大人になっていたんだな。ガラス工場で大人並みに働いて、大人並みに労働搾取というのもやられて、夜学にも通ってね、済州島に戻るときにはレーニンの『経験批判論』を持ってたんだよ、兄貴は。あとからわかったことだけど。

四・三がはじまったら、南と北を分かつ政府には従わない、とことん闘うと兄貴が山に入ってしまって、それで僕とお母さんは憲兵隊に引っ張られて、凄まじい拷問を受けたの、兄貴が山から下りてきたらすぐに警察に報告します、竹槍で兄貴を突き殺します、と大きな声で叫んで約束して、血まみれになって釈放されて、なのに、僕はまたすぐに捕まって拷問されて……、あのとき僕はまだ一五歳だった、電気を流されて殴られて耳から血を流して、死人を運び出す担架に投げ置かれた。死んだら牢屋の裏の麦畑に捨てられるんだよ、あの頃、次から次へと殺されては担架で運び出されて麦畑に捨てられていたんだよ、でもまだ捨てられる前に、兄貴も捕まって牢屋に入ってきてねぇ、兄貴は死にそうな僕を抱きしめてくれたの、牢屋の外ではお母さんが土地も何もかも売り払って、憲兵の偉い人にお金をいっぱい贈って、息子を出してくれと死に物狂いで頼んでいた、一族のタネが尽きたらいけないと、お母さんはできれば長男のほうを、兄貴のほうをと思っていたらしいけど、憲兵は死にそうな僕を釈放した、兄貴の命まで背負って僕は出てきた、だから、これを死なせてしまったらたまらないと、お母さんは僕を日本に飛ばせたのね、そう、闇船に乗せて日本に密航させたのよ。島でたくさんの死体を見て、たくさんの死体を踏んで、たくさんの死体を後に残して、僕はなんとか生き延びて、そして三河島へと流れついたの。

でもね、兄貴はそれから裁判を受けて、アカと呼ばれて、陸地の木浦《モッポ》の刑務所に入れられて、朝鮮戦争がはじまったら、アカは全部始末しろと、木浦の沖合いの海に沈められて……。そのことをお母さんが手紙で日本にいた僕のところに知らせてきたのよ。

ああ、ああ、ああ、その時、僕も死んでしまったの、それまでの僕は兄貴と一緒に海に沈んで消えてなくなったの、死んでも消えても痛くてたまらないの、それまで僕がいた世界も死んでしまったの、僕がもう一度生きるためには、世界も生き返らなくちゃいけないの、僕が生きて、世界も生きる、僕と世界と一緒に生きて息する言葉が生まれてこなくちゃいけないの。

生きたいんだよ、僕は。語りたいのよ、僕だって。でも、今もまだ胸のここにあるものは言葉にならない、僕を殺して世界を殺したものを語る言葉が僕にはまだないの、僕とあなたがたを結ぶ言葉はまだないの、まだないの、まだないの……）

空白。見えない、さわれない、語れない、でも確かにそこに在る、空白。

声。どうしようもなく零れ落ちる、呼び声、空白を呼ばわる、声。

聞こえる？

聴いている？

私たちは島から島へと歩いてきました。私たちは記憶から記憶へと歩いてきました、と思っていたけれど、どうやら、知らず知らず、空白から空白へと歩いていたようです。記憶は私たちを整然と数珠繋ぎにしていくけれど、私たちは語られた記憶を持ち寄って安心して共感共苦共振してみたり、少々苦心しながらも結局はこともなくつながってみたりもするけれど、どうやら芯から結ばれ合っているわけでもないようです。

洪水のなかの私たち、キレギレでちりぢりの私たち、だからこそ死に物狂いで互いに名前を呼ばわる私たち。

野蛮でもいいんです、善良な市民でなくともいいんです、勇敢なる自警団に問い詰められしもいいんです、日本人にも朝鮮人にもなっちまわなくともいいんです、記憶にすがるノニモノでなくともいいんです。私たちは三河島から歩いてきました、今もひたすら歩いていきます、呼ばれながら、呼ばわりながら、歩いていきます、私の名前を、あなたの名前を、空白を、生きるために歩いていきます。

＊冒頭の折口の呟きは「砂けぶり」に記されたもの

はじまれ

これは、東北の海辺の町で、六月半ばに聞いた話。

三月一一日、夜のことでした。粉雪もちらつく、すべてのものが形をなくしてひたひたと水にひたる、動くものは何もない、何も見えない、真っ暗闇の底を人々が見つめていた。

（あのとき、ぐらぐらと揺れて、水に不意を打たれて、私たちは走りました、死に物狂いで走りました、いつまで、どこまで走ればいいのかわからなくて、走るのをやめられなくて、喉がばりばりひびわれて心臓がびりびり破けるまで走りました、黒く高い水の壁を背中で見ながら走りました、水の壁よりももっと高いあの高台まで、生きているのか死んでいるのかちっともわからないまま走りました走りました走りました……）

そう、あの高台から、物も土も人も水も闇も境目が見えなくなった町を、今も走りつづけているような心持で人々が見おろしていた真夜中に、ハッと誰かが小さな声で叫ぶ、ねえ、見える？　あれ見てごらん、光が、ほらあそこに光が、ぽっぽっぽっと、ほらほら、ねえ、光が……、見える人も見えない人も、じっと暗闇の底の光を見つめる、ほら、闇の底から光が、無数の光が、ぽっぽっぽっと現れて、連なって、海のほうへ、沖のほうへ、ゆっくりと渡ってゆく。

ねえ、あの光は、なに？

『八重山島諸記帳』の「島中奇妙」の項にこんな記録があると、はるか南の石垣島の旧知の郷土史家が教えてくれました。

――古見の森宗根《ムリスニ》という沖一里四方に底干瀬がある。冬より春の頃まで、夜、長閑で干潮のときは漁火のような火が一つ二つ、山の上から彼の沖へ下り、忽ちにして何万とも数える事が出来ないほどになって走り回る。火の熾きとも思えるものが夥しく輝いているが、近くに寄ってもそれは見えない。夜明けの頃になると数は少なくなり、やがてもとのように一つ二つとなり、山の上に登って消える。

これは西表島での出来事だけど、石垣島にも光の言い伝えはある、夜になると山から海へと向かい、夜明けには海から山へと帰っていく得体の知れぬ光、僕はその光を見たことはない、けれども、信じる、草も木も石も水も物言い歌う島のことであるからと郷土史家は言い、ふっと思い出したように、ああ、島には、千人墓というものがある。

あれは一七七一年三月一〇日の朝のこと、いきなり島が大きく揺れたかと思うと、東の海が大きく轟き、やがて大波が黒雲のように躍り上がって立ち、島の村々へ三度も押し寄せた、潮の高さは、あるいは二八丈、一丈は三メートル、だから八四メートルだ！あるいは二〇丈、あるいは一五、六丈、あるいは二、三丈、沖の石を陸へ寄せ、陸の石や大木を根こそぎ引き流した、石垣島の村々の二万の人々の、ある者は引き流されて命を落とし、ある者は怪我をしてようやく泳ぎ、ある者は木や石、泥土に覆われて頭や手足を怪我し、ある者はまる裸になり、親子・兄弟・夫婦の見分けもつかなくなった、ある者は半死半生で木につかまって海中を漂流し、ある者は島の舟が残らず壊れたため漂流の木に助けの舟もなく溺れ死んだ、生き残った者たちは山の上へと逃がれゆき、海辺に打ち上げられた半死の者の手当てもままならず、打ち寄せられた死者たちをどうすることもできず、慌てふためいて、正気を失って……。明和の大津波。石垣島ではおよそ二万人のうち一万人が亡くなって、島に溢れる死者は一〇〇〇人がいっしょに洞窟に葬られ、そんな墓があそこにも、ここにも……。二〇〇年も前の出来事だけれども、島はそれを忘れない、忘れようがないな、忘れない島のわれらは東北の出来事にだって慌てふためく、正気を失う、時も距離も越えて心は震える、信じるさ、信じる島のわれらの目には、はるか東北の光だって見えるさ。

でも、ねえ、あの光はなに？

光といい火といえば、親しくその言葉に触れてきたサン＝テグジュペリを私は想い起こします。彼は、地上の光、月の光、星々の光を見つめて、この世の光と心を通い合わせることを願って、夜の空を渡ってゆく飛行機乗り。

あるとき彼は光を見失って空から墜ちた。砂漠という砂の海に難破した。救援を求める大きな焚火台を築き、火を熾し、絶望的に耐えがたい渇きのなか、生と死のはざまから必死の声をあげた。

――そうだ、そうなのだ、耐えがたいのはじつはこれだ。待っていてくれる、あの数々の目が見えるたび、ぼくは火傷のような痛さを感じる。すぐさま起き上がってまっしぐらに前方へ走りだしたい衝動に駆られる。彼方で人々が助けてくれと叫んでいるのだ、人々が難破しかけているのだ！

――この多くの難破を前にして、ぼくは腕をこまねいてはいられない！　沈黙の一秒一秒が、ぼくの愛する人々を、すこしずつ虐殺してゆく。はげしい憤怒が、ぼくの中に動き出す、何だというので、沈みかけている人々を助けに、まにあううちに駆けつける邪魔をするさまざまの鎖が、こうまで多くあるのか？　なぜぼくらの焚火が、ぼくらの叫びを、世界の果てまで伝えてくれないのか？　我慢しろ……ぼくらが駆けつけてやる！……ぼくらのほうから駆けつけてやる！　ぼくらこそは救援隊だ！

――『人間の土地』堀口大學訳より

おかしいじゃないか、サン=テグジュペリ、私は思わずそう問い返している。君こそが難破者で、砂漠の真ん中から救いだされなくてならないのに、闇の底から見つけ出されなければならないはずなのに……、そう問い返しながらも、きまりの悪いことに、なんとなく分かってもいるのです。

そうか、本当は私のほうがこの世の難破者なのか、そうね、この世の真ん中で君が命がけで熾した火が見えないわれらのほうこそが難破者なのかもしれないね。夜の空を渡る君の目がじっと見つめていた無数の地上の光、私もまたその光のひとつのはずなのに、見つめられていることに気づかぬ光は、見つめる者が熾した火を見ることもない。光が見えない、光を信じないわれらは、自分が生死のはざまを彷徨っていることすら気づかずにいるのかもしれないね……。

だから、今度こそはと、命がけで火を熾す者の必死の声に耳を傾けてみる、その声をじんじんと私の身のうちに染み入らせる。

——別の火よ、夜の中にともりいでよ。

ねえ、あなたには光が見える? 私には見えるかどうか、心許ない。

大阪の鶴橋に老詩人を訪ねていったのは、六月も末のことでした。三月一一日の夕刻に会うはずだったのに会えなくて、東京から九州へと向かう旅の途中に大阪に立ち寄った。

しかしあの日はたまらなく暑かった。老詩人に連れられて入った駅前の居酒屋で、夕方も早い時間から生ビールのジョッキで喉を潤しながら、差し向かい、私は何か話そうとするのだけど、言葉が出ない、なんだか、ぐらぐらと足元が大きく揺れたあの日以来だんだんと、何を言おうとしても言葉がどうにもあやふやとしてくる、そしてますます反芻するのは老詩人のこの言葉。

ああ、君の言葉の芯のところは空白だな、空っぽだな。

一年と半年前に老詩人と初めて語り合ったときに射抜かれるように投げかけられたこの一言があまりに痛かった、あのとき胸の芯に突き刺さった痛みが今もここにじんじんとあるから、われを忘れず生きている心地もする、痛みを手放すまいと老詩人に会いに来る。

あやふやとしている私に老詩人が問わず語りにこんな話をぽつりぽつりと。

ぐらぐら揺さぶられたらぐらぐらと、ざざーと押し流されたらざざーと、次から次へとリズムに乗って湧き出るように言葉を繰り出す、詠う、唱える輩がいるんだな、空っぽな言葉は実によく弾むな、リズムというのは馴れ合いで出来合いの底の浅い抒情を実によく弾ませるな、……、昔、ものすごく世話になったおっちゃんが僕にこんなことを言ったんよ、なあ、おまえのことやから、ほんま、ええ詩を書いているはずや、でもなおまえの詩は難しいねん、なあ、俺にもわかる、気持ちをどっぷり入れ込めるような歌を書いてくれへんかなぁ……、そんな言葉を聞いたら僕だっておっちゃんのために気持ちどっぷりの歌を書いてあげたい、でも書いたらいかんのよ、歌に馴れ合い人に馴れ合う抒情に乗っかったらいかん、抒情で数珠繋ぎになってしまったらいかん、その抒情を振り切って、その抒情が染みとおったリズムを振り切って、そのリズムが染みとおった思考を振り切って、詩は書かないとな、そうやって振り切って振り切って振り切ったところで、おっちゃんと僕はほんとの意味でつながることができるんだ。

私は老詩人にふっと東北の海辺の町で聞いた光の話をする、ずっと心を離れない、でもあやふやとした言葉にしかならない光の話。老詩人は黙っています、焼酎をちびりとやる、やがてぼそりとこう言う。〈書かれない小説〉というのはないかもしらんけど、〈書かれない詩〉というのはある。その言葉に私は以前に話に聞いたことのある、老詩人が詩を書かなかった一〇年のことを想うのですが、老詩人はそれ以上は何も言わない。

かつて老詩人は、まだほんの二〇歳そこそこの青年だった頃に、朝鮮半島では越えられない三八度線を越えるために、半島の南側の済州島を命がけで脱出して日本にやってきた。日本から北に向かおうとしていたのです。あとにしてきた島はアカ狩りの狂った風のなか、無辜の死は累々と積み重ねられ、言葉は日々消されてゆく。ようやく植民地支配から解放されたというのに、いまだに祖国朝鮮は取り戻されていない。幻の祖国朝鮮はどこに……？　それはもしや三八度線の北側で取り戻されつつあるのかもしれない、そこには朝鮮のふたたびのはじまりの風景があるかもしれない。それは若き日の老詩人を突き動かした夢。

ところが、そのうち、リズムと抒情の馴れ合いの言葉で埋め尽くされた北朝鮮礼賛が人々を数珠繋ぎに縛りだしたのです。老詩人は詩人であるがゆえにそれを拒んだ、とはいえ朝鮮という夢は消えずに胸に生きつづけているから、老詩人はたったひとりで、ただ詩のみによって、三八度線を越えて朝鮮にたどりつこうとした。身にも心にも絡みついて離れようとしない数珠繋ぎの言葉の縛りを、その余韻までを完全に断ち切るまでの一〇年間、〈書かれない詩〉を老詩人は書きつづけ、その末に、ついにたったひとりのリズムと言葉で詩を書きはじめる……。

老詩人は声に出しては言わないけれども、私の耳は確かにこんな声を聞きとっています。

馴れ合いの言葉にわが身を預けて、われを忘れて生きるのならば、それは詩人ではないな。空っぽの言葉ばかりがはびこる地で、どうしてはじまりの風景がふたたび立ち現れようか。断ち切れ、断ち切れ、その言葉を。

私は私でこう思ってもいるのです。この世のはじまりの風景とは、詩のなかに潜んでいるものなのだろう、詩のなかからやってくる断ち切る言葉こそが、産み出す言葉つながる言葉はじまる言葉生きる言葉になるのだろう。

ねえ、あなたなら、あの光をどう語る？

思うところがあって、老詩人に会う前に私は新潟を訪れていました。かつて北朝鮮への帰国船が出ていた新潟へと、今も三八度線の向こう側の夢をまだ手放していないという人に会いに行ったのです。立て板に水の溢れんばかりの言葉を聞きましたが、ほとんどそのまま流れて消えていきました。水の流れ過ぎたあとに、ほんの一つ、二つ、心に小さな波を立てる言葉の水たまり。

（体制が体制ですから、なかにはそれを嫌う人もいるけれど、頑張っている人はそれなりにね。ただ、生活が苦しいのは苦しいですよ、北というのはとにかく農村地帯ではないんですよ、米がとれないところですよ、砂利だとか岩だとかばっかりで。昔から、北の人は本当に気が強くて、意地があって、そういう人間が北には住むんだと言われています）

ああ、くっきりと思い出す言葉がある。かつて読んだ、北朝鮮の飢餓に心を痛める日本の東北の心ある人の言葉。彼はこんなことを言っていた。

体制がどんな体制であろうと、朝鮮半島北部は日本の東北地方と同様、その地理と気候ゆえに凶作に見舞われやすいのだ、凶作に襲われた東北を指して経済体制の問題だと言う者はなかろう。

東北が凶作に襲われる時には、一衣帯水の北朝鮮も凶作に襲われる。岩手県史によれば、明治の初め、一八七〇年頃の三陸地方とは、草根や木皮を食い、生涯にわたって米や粟さえ見ることのない人々もいて、凶作の年には死を免れることのできない「異域」

のようなところ、そして同じ頃の朝鮮半島北部でも凶作に耐えかねた人々が満州へロシア極東へと漂いだしていた。近くは一九九三年もひどい凶作だった、今年もどうやら凶作らしい。食えるのか飢えるのか、生きるか死ぬか、命に関わることを厳しく突きつけられる地で代を重ねて生きてきた人々の命に対する思いの深さはいかばかりか……。

（拉致についてはね、私も驚いちゃったんです、拉致というのはないと思ってたから、あのとき、私、ショックで泣いちゃったんです。拉致はいいことだと思ってません、でも、北への思いは揺るがない、なぜなら、朝鮮と日本はまだ戦後処理が終わっていないんです、日本が植民地支配をしていた時にどれだけ朝鮮人を拉致してきましたか、一〇人や二〇人じゃないでしょう、何百人と、中国人、朝鮮人を拉致して、強制労働もさせて、徴用に引っ張ってきたのも拉致ではないですか）

私もひどく驚きました。そうか、泣いたのか。泣いて、揺らぎを押し殺したのか。私も泣きたくなりました。でも、ねえ、誰のために？　何のために？

立て板に水の溢れんばかりの言葉の水路に、命もろとも身を沈めてみせれば、ほら、一〇、二〇、何百、何千、数珠繋ぎ、命は命とはかけはなれたところへ、今もずるずると流されゆく。

ねえ、あなたには、あの遥かな光は見えている？

流されゆく命のひとつひとつを呼び戻す言葉を想い、命の言葉を想いました。問いに揺れる思いをそのままに、私は、大阪で、老詩人と向き合っていました。

杯を握る老詩人が、飲んでいるのは薩摩の焼酎だったのだけれども、酒のとろける香りで滑らかになった舌で朝鮮のトンドン酒について語ることには、あれはなぁ、発酵して酒ができるときに米の粒の抜け殻がぷかーりぷかーりと浮き上がってくる、ぷかーりぷかーりを朝鮮の言葉ではトンドンという、陽がまだ沈まぬ空に月がトンドンのぼってゆく、ほら、ぷかーりぷかーり月が……、そんな風景を宿した音なんだよ。

私が飲んでいたのも薩摩の焼酎だったけど、なにやらトンドン酒と一緒にぷかーりぷかーり月を飲み込んだような心持になりました。私の腹に収まった月がぽっかりと、青白く、私の生きるこの場所で光を放っているような心持にもなってきました。

私の身のうちのこの光は、私のひそやかでささやかだけど必死の叫びを、（我慢しろ……ぼくらが駆けつけてやる！……ぼくらのほうから駆けつけてやる！　ぼくらこそは救援隊だ！）、砂漠の海の難破者サン＝テグジュペリの叫びと響きあう私の叫びを、すべてのものが形をなくしてひたひたと水にひたるあの真っ暗闇の底にも届けてくれるでしょうか。この光は、闇の底から現れて海のほうへと向かっていったあの無数の光の叫びに応える光であれるでしょうか。

揺れる問いに私はじっと身をゆだねる。問いとともに揺れる光は、揺れるままに、独り、ゆらゆらと。老詩人は、独り、杯をあける。ふたり、永遠の月の光を宿して、静かに、向かい合う。

慌てふためいても、正気を失っても、あやふやとしていても、一個の光となった私は、きっと、一人でも一〇人でも一〇〇万人でも果てしなくひとりひとりの名前を呼ばわることでしょう、ゆらゆらとひとりひとりの命の言葉を想うことでしょう、生ある間にやりつくせなかったなら、死んでもやりつづけることでしょう、そのための命なんだから、光は命なんだから……。

光あれ、光あれ、光あれ、
たちきれ、たちきれ、たちきれ、
はじまれ、はじまれ、はじまれ、

はじまりの地で、言葉さきわい、歌さきわい、命さきわう、私たちであれ。
私たちは深く強く祈る光です。

ii

はじまれ、ふたたび

不穏な神の声で

その時八万四〇〇〇の疫神達は長者が館に入り乱れ、
長者夫妻の頭を取りて地に付け、
金剛に身をやつし悩乱させ、
千人の者を悩ませ給ふ事あり。

——「牛頭天王島渡り祭文」より

あれからもう一〇年になるんですね。
絆とか、復興とか、五輪とか、耳ざわりのよい言葉で目眩ましされて、力ずく欲得ずくの仕組みの中で沢山の命がますますないがしろにされてきたこの一〇年、「良い朝鮮人も悪い朝鮮人も皆殺し！」と街なかで堂々と叫ぶ声を聞かされるようになったこの一〇年、ソーシャルディスタンスやら、ステイホームやら、緊急事態やら、疫病から命を守るふりした言葉で縦横無尽に命が断ち切られてゆく、そんな風景をあたりまえのように見ることになったこの一〇年。

一〇年前のあの日から、私たちは生きるのだ、これからはじまるのだ、さあ、はじまれ！　とあれだけ強く念じたというのに、「はじまり」はどんどん先送りされて、気がつけば、いつ終わるとも知れぬ永遠の「おわり」を私は生きてきたようなのでした。

一〇二一年二月一三日の夜には、久しぶりに福島が大きく揺れましたね。思わず私は「原発は大丈夫か」と呟いて、ハッとした。一〇年という時の流れのなかで繰り返し呟かれて、だんだんと時候の挨拶のようになって、すっかり魂を抜かれた無力な言葉を、無力なままに条件反射で口にしたことを私は恥じ入りました。

（心して正気を取り戻せば、世界はこの一〇年どころか、ずっと揺れつづけているではないか。記憶をたどれば、少なくとも近代このかた一五〇年、私たちの命そのものが根っこから揺さぶられつづけているではないか。鳥獣虫魚草木三界萬霊生きとし生けるあらゆるものたちの菌糸のような結ぼれが、ぶつん、ぶつんと千切られて、命は大丈夫か？　今やつねに差し迫ってそう問いつづけねばならない私たちであるのに、無数の命からこぼれでる絶えることのない静かな呻きで、もはやこの世界を息もできないほどに埋め尽くされているというのに、私たちは息もせずにチリヂリバラバラに生きて、音もなく死んでゆくことに見事に慣らされていくばかり……）

私は久しぶりに旅に出ることにしました。力ずく欲得ずくの仕組みの中に閉じ込められて、いつまでもおうちにステイの従順な犬ではいられないのですから。従順でなければ、社会の異物ともなりましょうが、犬より異物の方がずっといい。たとえ殺されることになっても、息をしないで生きるよりは絶対にいい。

（実を言えば、そもそも私は「牛」なのである。いま私は「牛」の魂をようやく取り戻しつつあるのだ）

思えば、この一〇年の間に私の旅の目指すところもずいぶんと変わりました。

かつては、どんなに抑えてもこぼれでる遥かな歌声をたよりに、封じられた記憶や塞がれた口を訪ねあるき、民族とか国家とか大きな「観念」の外に出る道を探して、遠い旅をしたものです。でも、いまは違う。たとえそれを乗り越えるためでも、そこから脱出するためであっても、民族や国家のような「観念」を私の旅の出発点とすることはもうやめました。そこを出発点としているかぎり、どこまで旅をつづけようとも、お釈迦様の掌の上の孫悟空と変わりはない。私はいつまで経っても民族や国家の掌の上、「観念」の虜なのでした。

それぞれに固有のかけがえのない命がその名で呼ばれず、選別されて観念でくくられて、数字に換算されるようになった時点で、そうやって命を錬金術の材料や手段として乱暴に扱って恥じることがなくなった時点で、すでに人間はもう「おわり」でしょう？そうして人間は、この世界に生きる人間以外のあらゆる命を巻き添えにして終わりつつあるのでしょう？

（ええ、私はいまはっきりと、資本主義とその番頭に過ぎない近代国家という人間社会最悪の仕組みのことを語っています。植民地がなければ、奴隷がいなければ、戦争がなければ、憎しみがなければ成長も発展もなく、たとえ発展したところで、そこはほんの一パーセントが豊かになるために九九パーセントが命を削る極悪世界。九九パーセントの民に、おのれが九九パーセントにすぎないことを気づかせないための巧妙なカラクリのある無惨な世界。いったいどうして人間は、民族やら人種やら性やら何やかやと手当たり次第に尺度を作って命に等級をつけるようなあざといカラクリに、あっけなく丸めこまれるんでしょうね)

そういうわけで、いま私を旅に誘うのは、水の音。土の匂い。現人神を頂点に置いた近代国家が淫祠邪教と呼び捨てた村々の産土《うぶすな》の神々のひそかな跡。村から村へと道ゆく異人《まれびと》たちによってもたらされ、語り伝えられ、今ではすっかり忘れさられたさまざまな神々の物語。

ようやくたどりついてみれば、水や土こそが命の源なのでした。産土こそがこの世に生まれでた命への最初の祈りの場なのでした。忘れられた神々の物語とは、どんな命も命のままに尊ばれるのだということを語るものなのでした。つまりは文字どおりの「はじまり」の場所、見失われていた「はじまり」の場所がそこにはありました。

私は生まれた土地からチリヂリバラバラに引き剝がされた植民地の民の末裔です。産土というものを知らず、産土の淫祠邪教の神々からも遠い「おわり」の世界を宙に浮くようにして彷徨いつづける私にとって、どこよりも遥かな場所にあったのが具体的で固有な生身の命の世界なのでした。

そういえば、福島がふたたび大きく揺れたあの日、予定調和のおなじみのデマがカラクリの中から飛び出しましたね。

「朝鮮人が井戸に毒を投げ込んでいます」

それが存在しなければ、力ずくで欲得ずくの仕組みはうまく回らない、近代日本にとっての異人／疫病神／朝鮮人。もちろん「朝鮮人」に代わる言葉はいくらでもあります。異人／厄病神／わきまえない女、とかね。それを決めるのは仕組みを回す者と上手に回されている者たち。

「そうさ、私は朝鮮人さ、おまえたちの澱んだ井戸の底を抜いてやろうか」

私はカラカラと笑いました。そして、地震の二日後、かねて準備していた天竜川をさかのぼる旅に出たのです。

（この旅の前に、やはり水音に呼ばれて旅に出たのは二年前だったか。あのときは一五〇年の時をさかのぼるようにして、渡良瀬川をさかのぼっていったのだった。栃木の山奥の足尾銅山から垂れ流された鉱毒で、山が死に、水が死に、鳥獣虫魚草木が死に、山河と共に長い歳月を生きてきた人々が村を追われた近代の曙の頃へと。あの頃は、富国強兵の掛け声のもとで、命よりも何よりも銅の生産が最優先。銅は戦場を飛び交う弾丸になるからね。欲得ずくの仕組みを大きく回す資金にもなりますからね。ああ、ここから水俣も福島も始まったんだな、奴らは足尾ですっかり味をしめたんだな。と、今なお赤茶けて禿げたままの渡良瀬川源流の山を見上げながらつくづくと思ったのだった。それ以上に、渡良瀬川流域を行くなかで衝撃を受けたのは、一八九八年にひとりの年老いた農民がどうにも抑えがたい声で記したある事実。鉱毒で鳥獣虫魚草木が死に絶えた村に生まれた子らは、人間と共に長い歴史を生きてきたさまざまな命があったことをもう知らない。と、彼は語っていた。まだ近代がはじまって、ほんの三〇年しか経っていないというのに……）

天竜川をさかのぼる今度の旅は、五〇〇年の時をさかのぼる旅です。人間がまだ命にとって大切なことを見失っていない頃への旅。めざすは奥三河。

浜松から、水の音に耳澄ませながら、川に沿って国道一五二号線をゆっくりと車で北上してゆきました。川はだんだん深い渓谷になってゆく。遥か下の渓流には巨大な岩も見える。この道は酷道と呼ばれているんだそう、この世には酷道マニアという人々もいるんだそうです。とはいえ、かつては川をすべるように往来する船が人や物を運んだのであって、酷道から見る近代的世界と、川から見る世界とはおのずと異なることでしょう。残念なことに酷道をゆくしかない私は、詩人ラングストン・ヒューズがうたう河の歌を口ずさんでみる。彼は、黒人の生の内側から湧き起こる声で、白人から与えられた黒人の物語を喰い破った詩人。大好きなんです。


ぼくは、おおくの河を知っている。

ぼくは、おおくの河を知っている。世界のはじまりのときからの、人間の血液がひとびとの血管に脈うちながれはじめた以前からの。

曙がまだわかかったとき、ぼくはユーフラテス河でゆあみした。

ぼくはコンゴー河のちかくに小屋をたて、夜ごと眠りにさそわれた。

ぼくはナイル河をながめやり、その上流にピラミッドをうちたてた。

ぼくはエイブ・リンカーンがニュー・オーリーンズへとくだったときに、ミシシッピ河がうたうのをきき、その泥だらけの河のおもてが夕陽をうけてすっかり金色にかわるのに眼をうばわれた。

ぼくは、多くの河を知っている。

太古からの、うすほのぐらい多くの河を。

ぼくの魂は、それらのおおくの河のように、底のふかい泉からわきでてきたのだ。


——ラングストン・ヒューズ「黒人はおおくの河のことを語る」木島始訳より

天竜川は天から湧きでてくるのだと聞きました。長野の諏訪神社に天流水舎と名づけられた社があり、どんなに晴れた日でもその屋根に空いた穴から水の雫が三滴、したたり落ちるのだと。その水こそが天竜川の源なのだと。太古から、その水に魂をのせて旅した者たちの姿を私は思い浮かべます。無数の川をさかのぼってゆく無数の旅人、無数の異人、無数の命は水のように脈々と……。

しかしうかつでした。酷道には困りました。川の下流の市街地で食料を買っておくんだった。上へと、奥へと、龍のようにくねる川をさかのぼってゆく崖っぷちの酷道に店はなく、険しい山々を貫いて走るJR飯田線の駅にようやく行きあっても、無人駅の周囲はひっそり静まりかえっている。ようやく食べ物にありつけたのは巨大ダムと水力発電所のある佐久間にたどりついてからのことで、そこから今度は天竜川の支流のほうへと南西に進路を取る。中部天竜―下川合―早瀬―浦川―上市場―出馬《いずんま》と、川と並んで走る単線の鉄路沿いの旧道を、奥三河の東栄町まで。川をたどってゆけばおのずとわかる。古くからの人里はどこも川辺にあるのでした。

奥三河と言えば、柳田国男も折口信夫も通った「花祭」が有名ですね。けれども、私の興味はそこにはない。そもそも疫病神コロナの到来で、今年度の花祭はすべて中止です。

私にとっての奥三河とは、史上最強の疫病神、牛の頭を持つ異形の神「牛頭天王《ごずてんのう》」の地。ええ、かなり偏った興味です。

この牛頭天王という神は、八万四〇〇〇の眷属を引き連れて、人間の体の八万四〇〇〇の毛穴の一つ一つに眷属を憑りつかせるんです。目には見えない眷属どもが人の体の穴という穴で蠢くんです。

伝承では、一夜の宿を乞うた牛頭天王を門前払いした蘇民巨端《そみんこたん》という長者の一族を、牛頭天王は皆殺しにする。その一方で、貧しいながらも心を込めて牛頭天王を歓待した蘇民将来《そみんしょうらい》（巨端の弟）の一族を、牛頭天王は未来永劫疫病から守ることを約して、最強の守り神となる。これが、奥三河のみならず、日本の各地でさまざまに語られた「牛頭天王」の物語の基本形。

異人を歓待せよ。
異形のものを歓待せよ。
共に生きがたいと思われるものほど、熱烈に歓待せよ。
持てるものすべてを差し出して歓待せよ。
死んだように生きたくないならば、命をかけて歓待せよ。

かつて、恐怖の疫病神であると同時に最強の守護神でもあった牛頭天王を祀る社は、日本じゅうに本当に沢山ありました。奥三河の牛頭天王もまた、昔むかし、川をさかのぼって旅する異人たちとともにやってきて、土地に根づいて、産土の守り神の一つとして祀られたのだけれども、いまではそのほとんどがただ痕跡をとどめるのみです。

なぜ？

「天王／てんのう」という名がついていたばかりに、そのうえ記紀神話の神ではないゆえに淫祠邪教と呼ばれて、近代天皇制国家の始まりとともにその名を消された。たとえば、「牛頭天王」という名を、同じく荒ぶる放浪神である「素戔嗚《すさのお》」に書きかえる。各地の「牛頭天王社」は、「八坂神社」「津島神社」「素戔嗚神社」等々、社名を改める。「天王町」という町の名のみにその痕跡が残されることもある。牛頭天王の名前の消し方消され方は、まあいろいろです。有名なところでは京都・祇園の八坂神社も、もとは牛頭天王を祀っていた社。その証は八坂神社発行の「蘇民将来守」に残されている。そんなこんなを今に生きる私たちがほとんど知らないのも、ごくごく当然のことでありましょう。どんなに大切な存在であっても、一度目の前から消えてしまえば人間はあっという間に忘れてしまうものだから。渡良瀬川の教訓。そして、命を物のように扱う奴らはそれをちゃんと知っている。

奥三河とその周辺をほんの二日間だけ、駆け足で牛頭天王の痕跡をめぐりました。佐久間浦川（産土社の南宮神社の境内に牛頭天王の小さな祠、その背後の少しばかり険しい山中に牛頭天王社跡）、東栄町古戸《ふっと》（八幡神社、若宮神社、津島神社にひっそりと痕跡）、東栄町布川（ここは天王八王社という名で集落の臍のようにして今もある）。

痕跡から痕跡へと訪ねあるく道のあちこちには石仏があり、不動明王を祀る滝があり、あるいは手入れの行き届いた古い祠があり、集落の人々が建てた立派な鳥居があり、灯篭がありました。いかにも途方に暮れた旅人の風情で路傍に立ちつくしていると、かならず声をかけてくれる人がいました。今は観光と公共事業だけが頼りのように映るこの土地の、近代の豊かさの尺度では計れぬかつての豊饒な暮らしの跡を垣間見たようでした。

ああ、そう言えば、私が宿泊した川辺の旅館のすぐ目の前にも八坂神社があったのです。

ここから先、話は少しばかり前後しますが、ちょっと微妙な話をします。

それは旅立つ一〇日前、二月五日のことでした。実を言うと、奥三河への旅を思い立ったその日に私は川辺の旅館にメールを送って一夜の宿を乞い、満室で希望に添えないという返信を深夜に受け取っていたのでした。

この新型コロナウイルス禍のご時世に、しかも平日の観光地で宿が取れないことにかなり驚き、何か特別な行事で混み合っているのではないかと慌てました。翌日の午前中、旅の同行者（日本人、男性）が、ネット上では満室の表示の出ていた町営の宿泊施設に電話を入れてみました。すると部屋は空いているという。特に行事があるわけでもなく、観光客もいないという。ならば物は試しと、昨夜断念した川辺の旅館に同行者から電話をしてもらいました。

同行者の名前であっさり部屋は取れました。部屋を選ぶこともできました。驚きました。一夜の間に何部屋もキャンセルが出たんだな。そう思いたい私の心に、黒い影が落ちました。メールに記した異人の徴を帯びた名前のせいだろうか……。私の体の八万四〇〇〇の穴がザザザと蠢いたような気がしました。そのとき私はふっとこう思ったのです。

「そうか、私は牛頭天王なんだな」

二月一三日、福島が大きく揺れて、デマが飛んで、さらにまた思いました。

「そうさ、私は牛頭天王さ」

二月一五日、奥三河を訪れて投宿した川辺の旅館はほどほどすいていました。宿帳にメールでやりとりした名前を書きましたが、特に何の反応も説明もありませんでした。

はっと気がつけば、二月一五日は奇しくも、奥三河に伝わる「牛頭天王」の物語においては、牛頭天王が蘇民巨端の一族のみならず、その守護者であった釈迦をも殺した日なのでした。実際、二月一五日は涅槃会、釈迦入滅の日。いよいよますます、こう思いました。

「間違いない、私は牛頭天王」（いわば、これは魂の目覚め）

翌日、チェックアウト時に尋ねてみたんです。満室で予約を断られた翌日の午前中に、すぐに部屋が取れたのはなぜ？　答えは即座に返ってきた。「急に一〇名のキャンセルがあったんですよ。ダム関係者です。このあたりは宿が少ないので、公共事業関係の方々ですぐいっぱいになるんです。一〇名のキャンセルはうちとしても大打撃でした」

なるほど。本当ならとてもうれしい。でも、もう目覚めてしまったんです、私の内なる牛頭天王が。気がつけば、私の奥三河への旅は、「牛頭天王」の物語の中へと私自身が入り込んでゆく旅でもあったのです。

思うに、これは、私だけが経験したことでもありますまい。

古来、数かぎりない人々が、「牛頭天王」のような、異人・旅人・路傍の民・貧しき者の側からこの世を揺さぶる「物語」にみずからの命の叫びを宿らせて、くりかえし語りついできたのではないでしょうか。みずからの声では語りようのない記憶を、「物語」に託してこの世に刻みつけてきたのではないでしょうか。

この世には、支配者たちがその支配の仕組みとからくりの拠り所とする壮大な神話があり、一方で、そこにはけっして記されることのない、小さな産土の社のひそかな神々の物語があり、名もなき無数の命の物語があります。ひそかな「物語」は、言葉にも文字にもならない命の思いを運んで滔々と流れる川のように、名もなき遊行・遊芸の民とともに旅をして、地べたを生きる名もなき民の声でくりかえし大切に語りつがれてきたのではないでしょうか。

(そういうわけで、そもそも私は「牛」なのである。ようやく目覚めた「牛」の魂なのである)

以下、奥三河のみに伝わる牛頭天王と釈迦の対決の場面です。読みづらいけれども、まずは原文そのまま書き写します。

その時釈迦仏聞こし召し、
「いかなる魔王・鬼神にてましますぞ。
仏の御弟子まで悩ます事不審なり」と宣ひて、
御身には慈悲忍辱の衣を着し、
慈悲自在の袈裟を掛け、実相真如の沓を履き、
百八品の数珠を持ち、ゆう三界の撞杖を突き、
長者が館に渡り給ひて、
牛頭天王に直談、目と目を見合はせ、
「いかなる神にてましますぞ」と問ひ給ふ。
天王聞こし召し、「御身いかなる者ぞ」と問ひ給へば、
「我はこれ、天竺に隠れなき釈迦仏といふ者」と答へ給ふ。
天王聞こし召し、「御身が父をば浄飯天王、
母をば摩耶夫人と申す。人間の体に宿りたる者なり。

我はこれ須彌の半腹、豊饒国といふ処に、
父をとうむ天王、母を婆梨采女と申し、仏の子なり。
三世の諸仏の父母なり。九海の群類には家なり。
我が前で仏と思はば、御身一人害して、
千人の檀那の命に替へ給へ」と宣ふ。
釈迦仏は聞こし召し、「その義にてましまさば、
我一人害して千人の檀那を救はん」とて、
正平元年甲寅の年二月朔日に、
左の指にとりつき給ふ。若し一日、若し二日、若し三日、
若し四日、若し七日程悩ませ給へば、
祟り病と見え給ふが、十日に十の指を悩ませ給ふ。
五臓六腑を責め給へば、
いかなる仏の御身とてたまり給ふべからず。
二月十五日、鶏の初声、暁に御入滅なり給ふ。

——山本ひろ子著『異神』所収「牛頭天王島渡り祭文」より

まことにおそろしい。異形の牛頭天王は仏教世界最高の権威たる釈迦に向かって、「おまえは人間の腹から生まれたのだろう。だが、私は正真正銘仏の子である」と言い放ち、「それでも私の前で、自分は仏であると言うならば、蘇民巨端の一族の身代わりとなって死ね」と迫るんです。それに応じた釈迦は牛頭天王に憑りつかれ、一〇本の指を病み、五臓六腑を病んで、ついに死に至る。

どうやらそのとき牛頭天王はカラカラカラと大音声で笑ったらしい。

古い世界はガラガラガラと崩れたらしい。

歓待か、さもなくば死か、宇宙を統べる者でも容赦はしない。

淫祠邪教、大いに結構、愉快痛快、さあ、やっちまえ！

しかし、どうしてこれほどまでに不穏な神の物語が、奥三河で語り伝えられたのでしょうか？

いま、不穏な神はどこに潜んでいる？

その昔、戦国時代も末の頃のことだったでしょうか、天竜川の水の流れをさかのぼって、牛頭天王と共に奥三河にやってきた異人たちの話をしなければいけません。それは、近代の到来とともに淫祠邪教の担い手として真っ先に国家の攻撃にさらされた修験者たち、いわゆる山伏です。（山伏とは芸能者の別名でもある）

彼らは、水や土、山野から萌えいずるすべての命に神を見ました。（この時点ですでに穏やかではない）

彼らは、人々に産土の神に捧げる舞いを伝え、歌を伝え、祈りを伝え、神の来歴を語る物語を伝え、芸能を伝えました。語り歌い祈る声、跳ね舞い踊る体は、この世に穿たれた風穴のごとき「場」を開きます。風穴を通ってざわざわと、神がやってきます、死者たちが還ってきます、目に見えぬ、耳に聞こえぬモノたちの気配に満ちて、〈ここ〉と〈そこ〉の境も揺らいで、命がざわめけば、世界もざわめいて、新しいなにかが孕まれます。（「場」は開かれるだけで、もう十分に不穏。「場」を恐れ、「場」を封じるやつらは、それだけでもう十分にいかがわしい）

彼らが一つ一つの命こそが神であると言えば、それはすなわち、一つ一つの命こそがこの世の中心ということなのでした。一つ一つの命がそれぞれの物語／神話を持つということなのでした。それはおのずと、この世の権力に無条件に服従することをよしとしない、命が命として尊くありつづけるための反骨の精神の発露でもありました。（命は無数、中心も無数、命とは本質的にアナーキーなのである）

彼らの山野に生きる思考では、円環のようにめぐる時の流れの中で命もぐるりとめぐって、生きとし生けるものすべてが菌糸のようにつながりあって、はびこって、ざわめいて、生き変わり死に変わってゆくのでした。（金ではなく、命をまわせ！）

みずからを唯一の中心とする近代国家とその神にとっては、まことに不穏で危険きわまりない連中です。牛の魂を持つ私にとっては、愉快きわまりない人びとなんですけどね。

（奥三河の牛頭天王の来歴にまつわるこの私の語りには、すでに私自身の不穏な魂がたっぷり溶け込んでいる。それも仕方のないこと。物語を語りつぐということは、おのれの魂をそこに込めるということでもあるのだから。同時にまた、物語を語りつぐとは、物語を奪われたものたちの微かな声に耳を澄ませて、呼び交わして、押し殺されてきた無数の命の声が息を吹き返す「場」を開くことでもある。私の声は「場」が織りなす声、私の語りは「場」が紡ぐ語り。だから、私の語りにはこれっぽっちの嘘もないけれど、

ただひとつの揺るぎない真実というようなものもありはしない）

なんだかしゃべりすぎました。そろそろ私は次なる旅へと向かうことにします。

東日本大震災からコロナまでのこの一〇年、命こそが金づるの世界はますます露骨に酷くいかがわしく、命の声はあからさまに押し殺されて、私の旅もますます不穏になることでしょう。

不穏は不穏を呼び合って、きっと、もっとたくさんの不穏な旅人たちとめぐりあって、つながりあって、無数の風穴を穿っていくことでしょう。

旅人たちは八万四〇〇〇の穴の開いた生身の体で、禍々しいもの、姿なきもの、声なきもの、異形のもの、はびこるもの、蠢くものをひしひしと感じながら、野をゆき、山をゆき、川をゆき、街をゆくことでしょう。

あるいは禍々しいものそのものとなって、八万四〇〇〇の眷属とともに、水のほうへ、土のほうへ、無数の命のほうへ、物語の「場」を開きながら、命の物語を語りつぎながら、ゆく先々で「釈迦」を殺しながら、カラカラカラカラ、命を喰らうばかりの「おわり」の世界にさようなら、さようなら、旅人たちの声が響きわたることでしょう。

さあ、不穏な命、不穏な神の声で、渾身の力を込めて、もう一度叫んでみようか。

はじまれ！

本書は、二〇一一年にサウダージ・ブックスより刊行された『はじまれ――犀の角問わず語り』（発売 港の人）の増補新版です。「i はじまれ」は、原著の内容を踏襲し、雑誌『風の旅人』（編集長 佐伯剛、発行 ユーラシア旅行社）の連載「旅の音沙汰」および「犀の角問わず語り」から選択した一一篇のエッセイ（同誌一〇号、一一号、一三号、一四号、三五号、三七号、四〇〜四四号に掲載）をもとに構成しています。「増補新版まえがき――あなたに贈るはじまりの歌」と、「ii はじまれ、ふたたび」の「不穏な神の声で」の二篇は書き下ろしの作品です。

姜 信子　きょう・のぶこ

一九六一年、神奈川県生まれ。作家。著書に『生きとし生ける空白の物語』（港の人）、『平成山椒太夫』（せりか書房）、『現代説経集』（ぷねうま舎）など多数。訳書に李清俊『あなたたちの天国』（みすず書房）、ピョン・ヘヨン『モンスーン』（白水社）、共訳にソ・ジヨン『京城のモダンガール』（みすず書房）、『海女たち』（新泉社）など。編著に『死ぬふりだけでやめとけや　谺雄二詩文集』（みすず書房）、『金石範評論集』（明石書店）など。二〇一七年、『声　千年先に届くほどに』（ぷねうま舎）で鉄犬ヘテロトピア文学賞受賞。

はじまれ、ふたたび
いのちの歌をめぐる旅

二〇二一年五月三一日　初版第一刷発行

著者　姜信子

発行　新泉社
〒一一三-〇〇三四
東京都文京区湯島一-二-五　聖堂前ビル
電話　〇三-五二九六-九六二〇
ファックス　〇三-五二九六-九六二一

印刷・製本　萩原印刷株式会社

デザイン　芝晶子（文京図案室）

ISBN978-4-7877-2101-3　C0095